Shenqi De Silu Minjian Gu

神奇的丝路民间故事

泰国
民间故事

TAIGUO MINJIAN GUSHI

丛书主编　姜永仁

本册主编　裴晓睿

时代出版传媒股份有限公司
安徽文艺出版社

图书在版编目（ＣＩＰ）数据

泰国民间故事/裴晓睿本册主编. —合肥：安徽文艺出版社，2018.1
（2020.6重印）
（神奇的丝路民间故事/姜永仁主编）
　ISBN 978-7-5396-6106-3

　Ⅰ．①泰…　Ⅱ．①裴…　Ⅲ．①民间故事－作品集－泰国
Ⅳ．①I336.73

中国版本图书馆 CIP 数据核字(2017)第 132090 号

出 版 人：朱寒冬　　　　　　　　出版统筹：周　康　李　芳
责任编辑：王婧婧　　　　　　　　装帧设计：徐　睿
· ·
出版发行：时代出版传媒股份有限公司　www.press-mart.com
　　　　　安徽文艺出版社　　www.awpub.com
地　　　址：合肥市翡翠路 1118 号　　邮政编码：230071
营 销 部：(0551)63533889
印　　制：济南市莱芜凤城印务有限公司
· ·
开本：880×1230　1/32　印张：6.875　字数：150 千字
版次：2018 年 1 月第 1 版　2020 年 6 月第 2 次印刷
定价：28.00 元
· ·

总　序

青少年朋友们，大家好！

安徽文艺出版社为了配合"一带一路"倡议的实施，决定出版一套《神奇的丝路民间故事》丛书，并邀请我担任这套丛书的主编，这使我激动不已。一方面是因为我年逾古稀还有机会为"一带一路"倡议的实施贡献出自己的一份力量，另一方面是因为我能为祖国的未来——青少年朋友的成长做一件有益的事情。为此，我毅然决定接受邀请，出任该套丛书的主编。

2013 年，习近平主席在访问哈萨克斯坦和印度尼西亚期间，先后提出共同建设"丝绸之路经济带"和"21 世纪海上丝绸之路"的倡议。这一倡议是希望通过政策沟通、设施联通、贸易畅通、资金融通、民心相通，使沿线国家乃至世界各国能够共享我国改革开放经济发展的成果，是一项共商、共建、共享的战略设计。截至目前，已经有 100 多个国家和国际组织参加到"一带一路"建设中来，纷纷将本国的发展计划与"一带一路"建设计划对接。

安徽文艺出版社策划出版的《神奇的丝路民间故事》丛书正是在这种形势下应运而生。它的问世是落实"一带一路"倡议的需求，是我国与"一带一路"沿线国家人民实现民心相通的需求。它的出版，必将有助于我国与"一带一路"沿线国家人民加深了解、增强互信。

《神奇的丝路民间故事》丛书包括丝路沿线的俄罗斯、匈牙利、印度尼西亚、泰国、缅甸、越南、柬埔寨、老挝、菲律宾、马来西亚、伊朗、巴基斯坦等国家的民间故事。这些国家的民间故事情节动人，形象逼真，寓意深刻，有益于青少年的成长。

青少年是国家的未来，是祖国的希望，是建设国家的栋梁，肩负着实现中国梦的重任，任重而道远，只有多读书，读好书，增加知识，增长才干，才能不负众望，才能不辱使命，为实现中华民族伟大复兴的中国梦而贡献力量。

安徽文艺出版社编辑出版的《神奇的丝路民间故事》丛书恰逢其时，值得青少年朋友一读。

姜永仁

于北京大学博雅德园寓所

2017 年 10 月

前　言

　　泰王国(旧称暹罗)地处中南半岛中心地带,是以泰民族为主体的多民族国家。泰国有文字记载的历史始于公元 13 世纪素可泰时期,但泰国东北部班清考古发现,这里存在 5600 年前的古代文明。

　　中泰两国的交往历史悠久。汉朝武帝时期,曾派使臣和商人经南海航行抵达中南半岛的邑卢(今泰国佛统)、湛离(今泰国巴蜀)。素可泰时期,中国元朝的制陶技术已经传到泰国。14—18 世纪,阿瑜陀耶时期和吞武里时期,两国朝贡贸易往来频繁,大批华人移居暹罗。郑和下西洋时,也曾抵达暹罗沿海城市并留有遗迹。中泰贸易和文化交流是维系中泰友好关系的重要纽带。

　　泰国民间故事是了解泰国文化的渠道之一。首先,它是泰国本土文化的结晶。它生动形象地反映了由古迄今,王公贵胄、僧侣百姓精神和物质生活的方方面面,就是神佛鬼怪、龙蛇龟兔也无不表现了现实社会中人的真实性情。通过这些或勇或懦、或智或愚、或忠或奸、或善或恶的活灵活现的人物形象，向人们展示了一个包罗万象的大千世界，让人们在口传和阅读中，领悟诲人的箴言、醒世的哲理，从而净化心灵、弃恶扬善、愉悦情志。

泰国是佛教国家，历史上受高棉文化、印度文化影响深远。大量的佛本生故事、神话故事经过泰国人民的加工创造呈现出浓郁的泰民族色彩，有些是泰国本土诞生的、套用本生经框架的佛教故事，颇具特色，不仅在泰国，而且在缅甸、老挝流传甚广。

地域文化也在民间故事中有着明显的反映，说明泰国人民的生活与周边国家和近邻如中国一直有着千丝万缕的联系。

但凡民间故事大都天成自然、少有雕琢，具有很大的随意性。本书中的口述实录故事，看似粗浅，实则拙朴可爱，从中可体察到淳朴的乡土气息。

本书是在《东方民间故事精品评注》丛书（季羡林主编，2001版）之《泰国民间故事》（裴晓睿主编，2001版）的基础上做了删减、修订、增译之后完成的，新增故事近半。译者有：裴晓睿、孙广勇、易朝辉、万悦容、周旭、何香漫、郑元萍、吴志武、王晨。

本书故事主要选译自下列作品：

维帕·恭伽南：《民间故事》，洛杉出版社

索·波莱内：《文学故事》

育·德恰卡伦：《泰国地方民间故事》，克朗维塔雅出版社

波莱安：《民间故事》，皮塔雅堪出版社

达姆拉·纳蒙代:《神话故事精选》,巴隆杉出版社

《历史故事》,泰瓦塔那帕尼出版社

坡·赛拉杰:《泰国民间佛本生故事》,阿奈杉出版社

嘉路宛·塔玛瓦:《东北警世言》,阿逊瓦塔那

坦达万:《西塔诺才》,泰国草花出版社

杜莎迪·恰尼罗杉等:《野敖》,泰国教育部艺术出版社

銮西阿门彦:《泰国故事》

社里·贝勒泰:《有趣的童话》,因塔讪出版社

西拉蓬·纳塔朗:《民间故事中的泰族》,民意出版社

塔威·穆塔拉格萨:《民间故事》,萨塔朋布出版社

感谢安徽文艺出版社配合我国"一带一路"战略的实施推出这套《神奇的丝路民间故事》丛书,感谢责任编辑王婧婧女士为本书出版付出的辛劳。

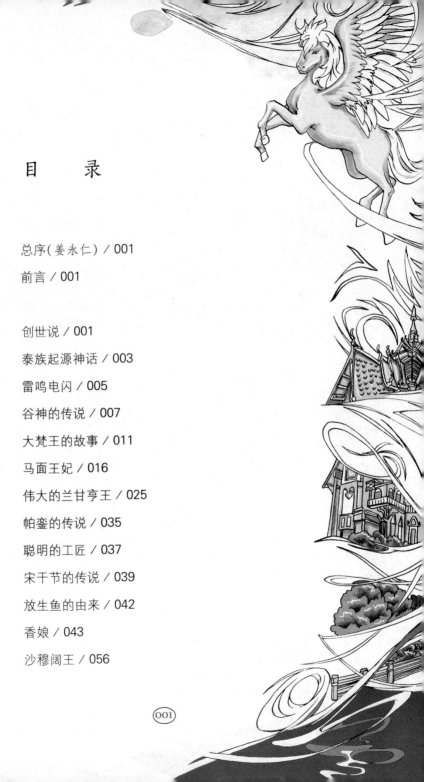

目　　录

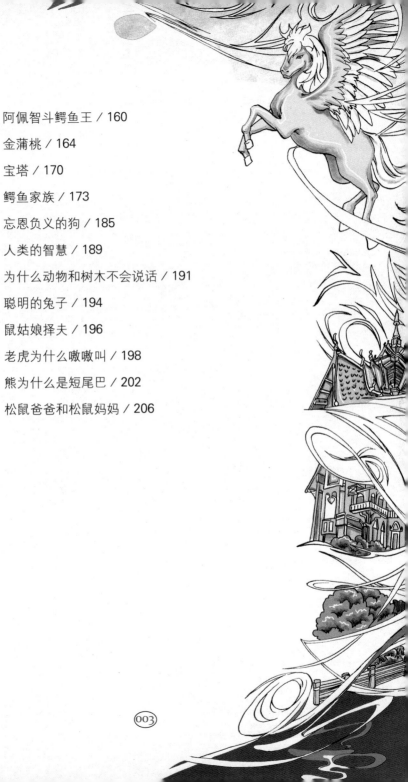

创 世 说

据说远古的时候,太阳本来只有一个,后来慢慢变成两个、三个、四个、五个、六个、七个。七个太阳把海洋里的水都烤干了,鸟儿啊、兽哇、人哪都被晒死了。幸亏后来七个太阳都没有了,大地才渐渐冷下来。那时候地上还残留一个水池,水池里的水浑得像米汤。有一天,水池里忽然长出一朵荷花。在一个良辰吉时,荷花里走出一个男人。这个人饿的时候就去捋地里长出的麦穗儿吃。日子一天天过去,有一天,从他的腿肚子里生出一个孩子。之后又生出第二个、第三个,最后生出了第十二个。当时,这世界上只有他们父子,再没有别人。父亲就决定把十二个孩子分散到各地去。这十二个孩子又各自生殖繁衍后代,渐渐地语言也不同了。有的说泰语,有的说印度语,有的说高棉语,有的说汉语,有的说孟语……一共十二种语言。可是天上还是没有太阳,大地一片黑暗。怎么办呢? 人们就向天神祈祷,天神就赐了一个太阳,这样白天就有了光明。可是晚上仍然很黑呀! 人们就又向天神祈祷,天神又赐了一个月亮。可是到了下弦月的时候,天还是黑呀！人们就又向天神祈祷,天神就又赐了许多星星。从此人们无论什么时候都可以见到光明了。

泰族起源神话

在泰国北部和东部自古流传着关于大神"天"(THAEN)创造人类的神话。大神"天"创造了人类的鼻祖——桑西公公和桑赛婆婆。桑西公公和桑赛婆婆的子女又互相通婚,子女的子女又互相通婚,不断繁衍着人类的后代。

泰国东北部还流传着另一个关于泰人种族起源的神话,其内容和《澜沧国史话》中的记载相吻合,神话说:

在远古时代,有三个官人——朗呈公、昆德和昆堪。他们在原野上建造了一座都城。收获时节,没有对"天"进行祭祀祷告。"天"大怒,引来洪水,淹没了整座城市。三个官人只好齐心协力造了一个竹筏,载着妻子儿女去天上向大神"天"请罪。大神"天"原谅了他们并盛情款待,但三个官人并不快乐,他们请求再回到人间去。"天"允诺,并赐给了他们水牛。三个人从天上下来,落到一个叫作纳诺的地方。不久,那里长出了一个大葫芦。三人用凿子凿开葫芦,刹那间,葫芦里流出一拨又一拨的人来,流了整整三天三夜。这些人就是泰族五个分支的祖先。朗呈公和昆德、昆堪慢慢教会他们种庄稼、盖房子、织布以及建立长幼之序。随着种族的繁衍,人口越来越多,三个官人无法向他们一个一个地传授知识和技能,就向大神"天"请求帮助。"天"派了昆谷和昆崆下凡来管理人间。但这两个人贪恋杯中之物,整天无心正事,最后被昆德和昆堪告发。"天"神就另外派了一位官人昆布隆来到人间。此后,昆布隆就成了澜沧国的开国君主。

雷鸣电闪

很久以前,有一位法力高深的那迦龙王,他的行踪遍布汪洋,头冠上有一颗硕大的亮闪闪的宝珠。他有一个宝贝女儿,名叫媚卡拉,姿容盖世,个性顽皮,经常哼着歌儿四处游玩。龙王担心女儿惹祸,就把女儿和宝珠一并献给了因陀罗神。因陀罗神收下宝珠,交给媚卡拉代为保管。媚卡拉嫁给因陀罗神之后,因为不能再像从前一样随心所欲地到处游玩,心中十分郁闷。

一天,她终于找到了机会,偷偷带着宝珠溜出天宫,像出笼的鸟儿一样,天涯海角到处游逛,再也不愿返回天宫。因陀罗神很无奈,只好封媚卡拉做了监海女神,任她四处遨游。

再说有个叫罗摩的阿修罗,手持一柄大斧作为护身法宝。他有个朋友叫罗睺。一天,罗摩阿修罗去探望罗睺,吃惊地发现罗睺只剩下半边身子。罗睺告诉他说,毗湿奴大神命他去搅拌琼浆玉液,搅拌好后,他忍不住偷偷地尝了一口:"这琼浆太好喝了!"一时忍不住就喝光了。毗湿奴大怒,用法轮把他的身子劈掉了一半。

罗摩阿修罗听了,心有不忍,觉得他这副样子实在可怜,就想向因陀罗求情。为了讨因陀罗神的欢心,就想出一个主意:逮住媚卡拉,把她送回因陀罗神身边。罗摩阿修罗想尽各种办法去逮媚卡拉,但是媚卡拉总能机智地逃脱,不仅如此,她还故意抛起那颗亮闪闪的宝珠戏耍罗摩阿修罗。罗摩阿修罗气坏了,举起宝斧劈砍媚卡拉。然而媚卡拉有宝珠护身,毫发无损。罗摩阿修罗不服气,就不停地去追赶媚卡拉,媚卡拉也不停地戏耍罗摩阿修罗,就这样无休止地一个追一个戏。天空不断闪烁着宝珠发出的光芒——那就是闪电,而轰隆隆的雷鸣则是罗摩阿修罗劈斧的声音。

谷神的传说

远古时代，人们不知道谷物可以吃，就只是吃树根、树皮和野果。直到谷神出现，才改变了人们的生活。

谷神原来是一位容貌美丽、身姿秀美的姑娘。她心地善良，言语动听，德行高洁。没有人知道她出生在哪里，也没有人知道她的生辰。她信守五戒（不杀生、不偷盗、不邪淫、不妄语、不饮酒），潜心修行，深受村民们的爱戴。

有一天，姑娘坐在河边的大石头上欣赏风景。石头边上的大树就伸展出繁茂的枝叶为姑娘遮阴。树上的鸟儿也叽叽喳喳为姑娘唱歌。忽然有一只小鸟拉出一粒鸟屎落到了石头上。姑娘看到鸟屎，好生奇怪：怎么鸟屎跟别的屎不一样呢？莫非鸟儿吃的食物很特别？不管怎么说也比我们人吃的树皮、树根好吧？它们吃的到底是什么呢？在哪里才能找到？姑娘心中祈祷："如果世界上真有更好的食物，就让我找到它吧！"

姑娘刚祈祷完毕，天神就派一条大鱼游了过来。大鱼用甜美的声音说："请姑娘坐在我的背上吧，我会带你到河对岸去。"

姑娘高兴地坐到鱼背上，不一会儿就到了对岸。姑娘谢别大鱼，登上河岸。发现不远处有一片望不到边的田地。田里有很多小鸟叽叽喳喳欢快地叫着，享用着这种植物的种子。她一下子明白了，小鸟吃的原来就是这种食物。姑娘也试着摘下几粒放进嘴里尝了尝，食物的美味从口腔传遍脏腑，使她兴奋无比。

之后的一百年，姑娘就一直食用这种谷物的果实。有一天，她突然非常想念自己曾经居住过的村庄，想让村民也能吃到这种谷物。可是隔着一条河，她无法回去。她想起来时得到大鱼的帮助，就在心里默默祈祷，希望天神再帮助她一回。天神被她的慈悲心感动，就又指派大鱼来到河边。大鱼说："请坐到我背上来吧！我会带你回到村庄。"姑娘一听，非常高兴，急忙去采摘了三十七个成熟的稻穗，坐到鱼背上，渡过大河，回到了当年坐过的大石头旁边。

姑娘坐在大石头上，回想着往事。一位名字叫蒲的小伙子来岸边挑水。看到陌生的姑娘，很好奇，就上前问道："美丽的姑娘，你是谁？从哪里来呀？"

姑娘回答："我从前就住在这个村子里。一百年前过河到了对岸。现在想家，就回来了。我还给乡亲们带来了好吃的食物种子。这种食物不但好吃，还能使皮肤变白，使人长寿。"

小伙子一听，高兴极了，就邀请姑娘住到自己家里。

姑娘跟蒲回到他的茅草屋里。蒲去叫来乡亲们领取种子。乡亲们到来后,姑娘告诉大家:"这种子是从河那边带来的,种下去要等七年才能成熟。"

村民们按照姑娘的嘱咐,下种七年之后收获了稻谷。剥开谷粒外表的硬壳,尝到了稻米的美味。人们兴高采烈,从此再也不用靠吃树根、树叶活命了。村民们每年继续扩大种植,稻谷越来越多。大家感恩姑娘的赐予,就商量着尊姑娘为"谷神",还请谷神为稻谷"招魂"。谷神住在村庄里,教导人们勤劳谋生。稻谷丰收后,人们的生活也越来越好。

可是,生活好起来的村民,慢慢地变得懒惰,性情也开始暴躁,对谷神也不像以往那么尊重了。稻谷丰收时,不再爱惜粮食;稻谷歉收时,还会责怪谷神。谷神很伤心,就跑到雪山林去了。

后来村子里遭了灾荒,村民们食不果腹,处在水深火热之中,开始反思自己的行为。他们决定到雪山林请回谷神。可是去往雪山林的路不但遥远,而且艰险无比,不是一般人能够到达的。这时候有几个勇敢的村民自愿前往。

大鱼看到村民的窘境,为了解除村民的苦难,就现身表示愿意送这几个村民去雪山林。大鱼从河流上游出发,一路穿过湍流、绕过石礁,为了抄近路,甚至穿过狭窄的涧石,把鱼身都挤成了扁扁的形状。最后终于到达了雪山林。

大鱼替村民恳求谷神回家。村民把谷神离开后的遭遇一一禀告,并诚恳忏悔。谷神心一软,就答应了大家的请求,坐着大鱼回到了村庄。

村民们看到谷神回来了,一起向谷神忏悔,表示要痛改前非,遵从谷神教导。谷神这才决定住下来。从此,村民们种植的稻谷年年丰收,人们又过上了幸福的生活。

大梵王的故事

从前，泰国北部有一个城邦国家叫"庸那猜布里"，就在现在的清莱府清盛县境内。另一个城邦国家叫"四东"，是在今清莱府美塞县境内。

庸那猜布里由高棉人管辖。四东以及周围其他小国都是庸那猜布里的附庸国，四东国王每年都要向庸那猜布里进贡四个枳子果大小的金锭。

四东的一个沙弥到庸那猜布里去观光。进城后，一路化缘。走到庸那猜布里的王宫门口，被国王从窗口看见。国王见这沙弥的袈裟与本国的不同，就叫大臣问他从哪里来。沙弥如实相告，说是从四东国来的。国王听说是自己属国的沙弥，立即表现出一脸的不屑，斥骂道：

"哼！奴才，我的饭食喂了狗也比喂了你这沙弥强。快滚出我的领地！"

沙弥满怀愤怒走出城去。在城外看见一座佛塔，便把化来的食物全部供奉在佛像前，心中祷告：

"我发誓从此绝食，以凡俗之身奉献我佛，但求来世生为四东国王之子，剿灭高棉，洗雪国耻！"

七天之后，沙弥绝食而死。灵魂投胎到四东王妃的肚子里，王妃怀了孕。她当晚梦见一头白象从面前经过，这白象驱赶着一群高棉人，最后撞倒了庸那猜布里国的城墙。

第二天，王妃把梦告诉了国王，国王叫相士解梦。相士说：

"此梦大吉，王妃将要生一贵子。此子威力无穷，日后定能剿灭高棉人的庸那猜布里国。"怀胎十月之后，王妃产下一子，白白胖胖，可爱无比。国王及王妃对他珍爱有加。等到小王子长大些的时候，国王给他取名"梵童"。梵童自幼喜欢习武，父亲就给他找了一伙年纪相仿的孩子陪他练武，他的功夫果真一天比一天长进。

有一天，梵童梦见一位天神告诉他说：

"如果你想得到象征王位的白象，明天清早可以带着大臣到湄公河边去洗澡。你会见到三头白象顺着河水漂来。第一头象，如果能得到，就可以征服四方诸侯；第二头象，如果能得到，就可以征服北方和西方敌国；第三头象，如果能得到，就能征服南方和东方的敌国。"

梵童一觉醒来，天神指点的话犹在耳边。他决心要去捕到那三头白象，于是叫上大臣和心腹侍卫立刻赶到湄公河边。

梵童正在河中洗脸时，忽然一条树干粗的大蛇从上游游了过来。他和随从们一惊,吓得急忙爬上河岸。眼看着大蛇游过河湾不见了。

过了不一会儿,又有一条略小一点的蛇游了过来。梵童心中奇怪:"我梦中明明听天神说会有三头白象从河中游过来,为什么却只见蛇不见象?"

正想着,那第二条蛇已从身边游走了。又过了半天,上游又游过来一条蛇。这条蛇比第二条又略小一些,而且是靠近河岸游过来的。

梵童想:"这条一定是白象了。绝不能再犹豫,否则可能错失良机。"待到蛇一靠近他的身边,他就忽地跳了上去,骑到蛇的身上。说来奇怪,那蛇竟立刻变成了一头白象!

梵童拼命驾驭白象逼它上岸,可白象就是不肯。梵童实在没了办法,只好叫父王招来相士卜测原因。相士说,这头白象非一般白象可比,必须要打制一面金锣,敲着金锣请它上岸。国王照着相士的指点,命人立即打了一面纯金的响锣来。梵童敲着金锣引路,那白象才慢慢走上河岸,随着前呼后拥的队伍,向四东城中走去。梵童就把白象拴在城内。

自从有了这头象征王位的白象,梵童就开始招兵买马、修碉堡、筑工事、挖战壕、操练士兵,准备打仗,并且不再向庸那猜布里缴纳贡品。

庸那猜布里的高棉王见四东国连续三年不来进贡,查问大臣,才知道四东国的王子蓄意反叛。高棉王当即下令臣属速速招募士兵，征集粮草、战马和大象，准备发兵围剿四东。

四东王得到消息，心下恐慌。王子梵童却镇定自若地说："父王放心。待孩儿前去迎敌。"四东王准奏之后，梵童择了良辰吉时，点齐将士，自己亲自乘坐白象率队出征。

当队伍穿过红龙林，来到赛河附近的一座大山下时，正好遭遇来犯的敌军。

敌军没料到四东会主动发兵迎战，一时倒慌了神。梵童毫不犹豫地驱象直冲过去，挥戟猛刺，四东将士随后潮水般拥向敌人。高棉军立刻溃散，躲避不及者被战象战马践踏，死伤无数，余者拼命掉头逃命。梵童岂肯罢休，一路追击，直逼庸那猜布里城下。敌军逃进城去，立即关闭了城门。

梵童驱象撞开城门，高棉王见势不妙，弃城向东逃窜。梵童追击了一段路程，看高棉王已逃得不知去向，就收兵回城。梵童占领了庸那猜布里之后，命令修复战争中损毁的房屋、庙宇，尤其是把他前世做沙弥时受辱之后拜祭祈祷过的那座佛塔修葺一新，算是还了夙愿。然后就把父王请来统治这个国家，自己则回到四东去了。

有一天，这头白象突然冲出象栏向外跑去。梵童命大臣带人去追回。大臣们直追到一处悬崖，眼看白象已无路可走，人们正要上前去牵，突然，那白象一下子变成了大蛇，嗖嗖几下，钻进石缝中便不见了。

大臣及随从们看得目瞪口呆，急忙回去禀告梵童。梵童知是白象助他灭敌已毕，自然恢复原形去了，心中才渐渐平静，不再因失去白象而伤心。

不久，为了进一步巩固势力、扩展国土，梵童又将四东交给兄弟治理，自己则带着一批百姓，向西进发，重建了另一个城邦国家"猜雅巴干"，立王号为"大梵王"。这"猜雅巴干"在今清迈府的"方县"属地。

马 面 王 妃

古时候有一个国家叫米廷拉，它的附属国有一百零一个。国王叫普瓦顿，王后叫南塔。他们只有一个儿子，刚刚十五岁，生得十分英俊，取名宾通。

有一个姑娘，生得身材窈窕，却长着一副马面。她的母亲怀孕时，梦见天神赠给她一颗宝珠，后来生下她来竟是个怪胎。母亲就给她取名宝珠。这宝珠虽是马面人身，却聪颖过人。谁家的田地位置不好、该在什么地方耕种、何时有风有雨有灾有难，她都能预先告诉乡邻。因此乡亲们都非常喜欢她，家中吃的用的总是有人送来。

有一天，宾通王子放风筝。突然风筝断了线，飘落到宝珠家门口。王子走来讨要，宝珠说："要我还你风筝，除非你把我接进宫去做王妃。"

王子一听，差点晕倒，就说："要我接你进宫也行。"心里却说：不过，是叫你跟狗住在一起。

宝珠见王子答应，就把风筝还给了他。王子就回宫去了。

宝珠等啊等啊，总不见王子来接她，心中着急，就叫母亲、父亲去打听。父亲说："你倒说得容易，我们乡下人攀得也太高了，要是去催问，说不定连脑袋都保不住呢！"

可是，看着女儿天天茶饭不思、以泪洗面，老两口怕女儿有个好歹，也只好硬着头皮去了。

国王普瓦顿听他们说明缘由，立刻大怒说："岂有此理！王子岂能娶乡巴佬的女儿？拉出去斩了！"

刚巧王后这时走来，王后劝国王息怒："不如把儿子找来，问明情由再斩不迟。"

国王叫来儿子，宾通如实禀明了父亲。国王听了更加生气。王后却说："我们的儿子身为王子，怎能不遵守诺言呢？"

国王明知王后有理，却仍不免恼恨在心，于是，气呼呼地说："随你便吧！"一甩袖子便进内宫去了。

王后就叫王宫随侍跟大臣去接宝珠进宫。

大臣及随侍来到宝珠家门口。宝珠一看，只是一顶普普通通的轿子，就说："皇家迎娶儿媳，就用这种轿子吗？倒不如我自己走去好了！"

大臣及随侍一见宝珠的"尊容"，本就吓了一跳，又见她还敢如此挑理，个个觉得恶心。可又不敢怠慢了这位未来的王妃，只好派人再去禀告王后，请求派人抬了金顶御轿来接。

宝珠见金顶御轿来到门口,才高高兴兴地细心打扮一番,上了轿子。

进了王宫,先要拜见国王、王后。国王一见她这副模样,肺都气炸了,刚要下令赶她出宫,王后却又劝说道:"身为一国之君,怎能随意惩罚无过臣民呢?"国王只得忍下了。

宝珠见王后深明大义,如此维护自己,心里非常感动。她对王后说:"母后如此慈悲,孩儿一定尽心报效!"王后听了,心中大喜,命人为宝珠安排了住处,送她下去休息。

王子宾通根本不去理睬宝珠,国王也千方百计要除掉这个儿媳。一天,国王把宝珠叫来说道:"我有一个愿望,假如你能帮我实现,我就为你和王子举行婚礼。这个愿望就是把须弥山的山顶搬来。你能做得到吗?"

宝珠明知此事难成,但为了爱情,还是毅然答应了下来。

宝珠出发去寻须弥山,走了不知多远,经过千辛万苦,仍然找不到。宝珠只好祈求天神:"假如命中注定我与宾通能够结为夫妻,就请天神助我找到须弥山。"

祷告完了,宝珠又走了三天三夜,见到一位修道仙人。仙人听了她的述说,决心帮助她。先是施法术脱去她的马面,换了一副秀美无比的女人面庞,又赠她一只虎皮做成的飞船和一把如意宝刀,并告诉她:"这宝刀法力无边,要想什么就能得到什么,拿它去挖须弥山顶,定会成功。脱下的马面,也要带在身边,可以趋吉避邪。"

宝珠得到了这些宝物,乘上飞船,不一会儿就到了须弥山。用宝刀挖了山顶,放在飞船中,很快就飞回了米廷拉国。飞船放下山顶和仍然戴着马面的宝珠之后,立即变作一条长蛇,爬进树丛中去了。

国王一见宝珠居然搬来了须弥山顶,自己的如意算盘落了空,惊得说不出话来。不久,国王又心生一计。他叫来王子,让他到婆罗塔王的罗摩国去入赘为婿,以躲开宝珠。王子一听,正中下怀。国王下了婚书给婆罗塔王,婆罗塔王回书应允,王子就准备上路。临行前,他对宝珠说:"假如日后我回来时,见不到你为我生的儿子,你就休想再活下去!"

宝珠想:"王子从不与我同房,如何生得出他的儿子?"于是就偷偷带上宝刀,暗中追随王子出了宫去。

她先到树丛中唤出长蛇,长蛇又变成飞船,宝珠乘上飞船向罗摩国飞去,转眼便到了罗摩国。宝珠摘下马面藏进树丛,一个人进了罗摩城。

她经过一户人家,见只有老两口,就借住在这户人家里。

一天,宝珠得知王子宾通要乘船游玩,就在他要经过的河中洗澡。宾通看到这样一个绝代佳人,禁不住叫人停了船去打听到底是谁家女儿。等到找到两位老人家中时,倒把老人吓了一跳,不知为什么国王的驸马爷会找上门来。宾通先安慰老人一番,老人这才明白他的来意。宾通进到内屋去向宝珠求婚,宝珠故意要冷落他，就推病不允。宾通只好回宫，次日又来求婚，宝珠还是不允。这样经过数日，宾通了解了宝珠的真意，就要将她强占为妻。宝珠也便顺水推舟成就了好事。自此，宾通几乎天天来老人家，直到宝珠怀了身孕。

一天，宾通因想念自己的父母，要回米廷拉国去。本想带宝珠一同前往，宝珠推说有了身孕行动不便，王子就给她留下一枚钻戒，叫她给未来的儿子戴在手上，以便日后相认。

宾通拜辞了罗摩国国王婆罗塔，上了船。大船在海里航行不久，便遇上了暴风，船迷失了方向，漂到夜叉国。

宝珠怀胎十月，产下一子后，就带着儿子坐飞船飞回到恩人修道仙人那里。修道仙人告诉她，宾通已落入夜叉手中，宝珠一听，就将儿子交给修道仙人照看，自己到夜叉国去救出丈夫。修道仙人又教会她变幻之术，宝珠就变成一个男子，乘着飞船飞往夜叉国。宝珠来到夜叉国的海域，看到宾通王子的大船正被夜叉兵围攻，便立刻降落到大船上。宾通和船上的人都认为是夜叉兵从空而降，吓得不知所措。宝珠安慰他们说："我路过这里，见你们被夜叉兵围困，前来相救。"

宾通不再怀疑，就请求宝珠帮助打败夜叉兵。这时，夜叉王潘拉又带兵来战。宝珠迎上前去，使出宝刀，几招便把潘拉首级砍下。夜叉兵见没了首领，纷纷四面逃散。剩下几个愿意投降的夜叉兵告诉她说："城中还有夜叉王的两位公主和公主的母亲。姐姐叫赛通,妹妹叫简达。"宝珠让宾通进城为王,宾通却礼让宝珠。二人正在推让时,见二位公主率领众臣子前来投降,就随他们进了城。宾通还要坚持把王位让与宝珠,宝珠不受,推说自己并不稀罕什么王位,只想把这两位公主带走。宾通心中虽是不舍,却也不能不允。宝珠就把赛通和简达带到了修道仙人的静修林中,把自己的往事从头一一细说给她们姐妹听。说完,就恢复了女儿原貌。赛通和简达惊叹不已,更加佩服宝珠的本领,直说从此一定对宝珠言听计从。宝珠教训二位公主,以后再不许作恶伤人,然后自己又变回男子的模样,送二位公主回到夜叉国。

宾通见宝珠又把公主送了回来,十分不解。宝珠则谎称她二人不愿屈从,也只好放还。宾通心中暗自高兴,便收了二女为妃。不数日,宾通仍是思念父母,就辞了岳母,带着二妃回米廷拉去了。

普瓦顿国王和南塔王后见到儿子久别归来,欢喜非常,三人畅叙别情,宾通把自己的经历一一告诉了父母。

宝珠知道宾通此时已回到米廷拉,就辞别了修道仙人,抱着儿子赶回王宫。

宝珠仍现出马面王妃的模样,进了王宫,把儿子放在国王与王后面前,说道:"这是您的孙儿,宾通王子的亲骨肉。"

王后与国王一听,面面相觑。宾通则勃然大怒:"你把谁的孩子偷来充数?简直胡闹!"

赛通和简达知道底细,又在修道仙人的庙中见过这个孩子,就上前去抱,并恭恭敬敬地上前拜见宝珠。宾通见她们如此,更是气恼,转身离去,不再理会宝珠。宝珠也不生气,径自抱了儿子回自己的内宫去了。

一晃五年,小王孙宾诰已经五岁。

再说罗摩国的公主、宾通的妃子玛利与丈夫一别五年,思念难耐,就乘船过海来到米廷拉国。赛通、简达不知前情,见又有一个女人前来争夫,自然不饶。争吵之中,宝珠走出来。玛利一见这马面女人,便恶言相辱。宝珠不甘示弱,又加上有赛通、简达相帮,四个女人便吵作一团。宾通劝止不住,玛利见自己势单力薄,只好返回罗摩国去了。

被宝珠杀死的夜叉王潘拉有一个亲戚,是盖加国的夜叉王格亚马。一日,格亚马忽然想去探望潘拉,就到了潘拉的国度。城门官儿告诉他,潘拉早已被米廷拉国的王子宾通一伙杀死,潘拉的王后又把两个女儿许配给了宾通。格亚马一听大怒,就率领兵马直奔米廷拉国而来,要为潘拉报仇雪恨。

米廷拉国被夜叉兵围困,宾通率兵迎战,被打得败退而还。宾通是个情场老手,却不谙征战之术。正自焦急万分之时,赛通、简达上前来举荐宝珠领兵出战。宾通不屑地说:"她除了惹是生非还能干什么?倒不如让夜叉兵把她吃了!"

赛通、简达见宾通如此执迷不悟,而国家又正遇燃眉之急,只得把宝珠的秘密悉数讲了出来。宾通与父王普瓦顿又惊又喜。宾通急忙跑到内宫去请宝珠。他一进屋门，就满脸堆笑地说："哎呀！你怎么这么久都没去找我呢？我们的宝贝在哪儿啊？……噢！在这儿呢！来！快让父亲抱抱。嗯，瞧这皮肤、这模样多像我呀！太叫人高兴了！"

宝珠却冷冷地说："哟！殿下怎么肯屈尊到我这儿来呢！我这个驴马不如的人，哪能高攀王子啊！"

宾通急忙抢着说："哪里的话！我知道你不是寻常之辈，快摘下马面吧。我有要事同你商量呢！现在夜叉兵包围了全城，只有你能救得了我们，不然国家就灭亡了，以前我得罪你的地方，请你不要记在心上了。"

宝珠哈哈大笑道："摘什么马面啊？我不懂。再说，打仗的事怎么会轮到我们女人呢？你还是去另找别人吧！"

宾通苦苦央求多时，宝珠只是不允。普瓦顿国王和王后南塔也过来求情。开始宝珠仍然不肯改口，后来想到王后对待自己的好处，不免心软下来，于是答应明日出战。

次日清晨，宝珠又变作一个男儿模样，上殿参见国王与王后。莫说国王与王后认不得，就是宾通也不知这是何人。宝珠谎称自己是宝珠的契弟，因姐姐突然生病，命自己前来代她退敌。国王、王后甚是高兴，说了许多祝福的话。宝珠拜辞了国王、王后，持了宝刀，策马出城，杀向敌阵。

那夜叉王格亚马也策马迎来。宝珠一刀砍去，正中格亚马脖颈。格亚马立刻跌落马下，但他却能吹口法气，朝伤处一抹，伤口立即愈合，又翻身上马，杀了过来。如此交战多个回合，宝珠竟奈何他不得。此时宝珠心生一计，招来飞船，坐在上面，飞越亚马头顶时，用刀一砍，把这个夜叉王的脑袋削了下来。虽然脑袋落地，可夜叉仍然未死，他还想再吹口法气复生。可惜已经迟了，法术已失去效力，那脑袋再也回不到脖子上去了。

征战告捷，宝珠回到自己屋内，又恢复了马面模样。

宾通怀疑那出战青年就是宝珠，跟到内宫一看，只见宝珠仍是马面人身。宾通千方百计使尽浑身解数与宝珠和好，宝珠只是不理。最后宾通假装自刎谢罪，宝珠方才摘下马面，与宾通言归于好。

第二天，宾通、宝珠携着儿子宾诰一同去见父王和母后。国王王后奇怪儿子又从哪里领来一个女人。宾通回禀说，她就是马面宝珠，如今摘下了马面，这宾诰正是自己的亲生儿子。

国王、王后欢喜得不知说什么好，随即命大臣准备为王子王妃举办盛大婚礼。宝珠又请求国王把自己的父母接来同住，国王自然答应，又封了宝珠的父亲为"昭披耶"（贵族的最高等级），从此全家人幸福地生活在一起。

伟大的兰甘亨王

一、三结义

在罗斛国的萨莫宽山上,有个修道士的茅舍。里边有三个青年人围坐在师父面前,双手合十,毕恭毕敬地聆听师父苏坦的最后一次教诲:

"我已经把本领传授给你们了,从此你们都要回到各自的领地去。我只希望你们不要离心离德,要齐心合力把高棉人赶出泰族人的土地。你们三人中哪个本领高强,就一定能光复泰人的国土。"

"我发誓毕生遵从师父的教诲。"昭兰说。

"昭兰说得对。"昭莱附和道,"我们俩也一定照师父的话去做。"

师父就在他们三人面前摆上法水,念了咒语,然后带着他们盟誓：

"我三人誓结生死之交，彼此忠诚不渝。如有不忠，三日内身亡……"说完，各舀咒水，一饮而尽。

随后他们含泪拜别了师父苏坦，一起上了路。走到三岔路口，就要分手了，三人拥抱在一起，依依不舍地互道珍重，然后各自踏上了通往故土的道路。

昭兰回邦阳，昭莱回清盛，昭勐回帕夭。他们都是城主之子，机缘巧合，三人共从一师数载，结下了深厚的友谊。

二、邦阳国

那时候中南半岛北部的素可泰、清盛、罗斛、哈里奔猜、阿瑜陀耶都在高棉人的统治之下。高棉总督克伦南朋坐镇素可泰为王。周围的泰人小国都要向高棉进贡纳税。中南半岛南部的地盘则由马来人的西维猜国统治。

昭兰看看快到自己的故土邦阳了，想着与父母、亲人久别重聚的欢乐，心里十分欢畅。来到邦阳城外时，昭兰看到男女老幼背着、扛着兽角、兽皮和各种山林土产去向素可泰的高棉王缴税，人们怨声载道，痛苦不堪。昭兰心中十分不是滋味。乡亲们告诉他，他的父亲邦刚陶城主正在联合昆帕勐城主，准备起兵攻打素可泰。昭兰一听，立刻兴奋起来。他胸有成竹地对乡亲们说："我们泰族

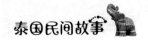

人不必再向高棉人进贡纳税的日子就要到了!"

三、安勐王

昭勐与昭兰、昭莱分手后,也匆匆忙忙赶回帕天。这帕天国由他的父亲帕明勐治理。帕天国的泰人据说是从中国南方迁徙来的。由于离素可泰路途遥远,高棉人鞭长莫及,帕天遭受侵扰的时候不多。帕天与清盛国往来频繁。那时候的清盛也算是北方一个繁华的城邦国家。

昭勐来到帕天城下时,本来晴空万里、烈日炎炎的天空突然生起一片乌云,遮没了阳光。这片乌云一路追随着昭勐,直到他进了父王的宫殿。父王帕明勐见儿子到来时天呈异象,就在欢迎儿子归来的盛宴上为昭勐赐号"安勐王"("安勐"是统治国家的意思),宣布安勐王为城主继承人,又为他娶了清盛国王族的美女娘娥为妃。不久,帕明勐去世。安勐王便做了城主。

四、昆明莱

昭莱赶回清盛时,父亲洛明王已经重病缠身,卧床不起。昭莱跪在病榻前,泪流满面地聆听着父亲最后的嘱托:"孩子啊,父王怕已不久于人世,父王赐你封号'昆明莱',以后就靠你治理清盛国了。"

不久，洛明王去世，昆明莱便继位为城主。

昆明莱是个雄心勃勃的青年。他看到清盛地处湄公河边，常有洪涝之灾，就计划着开辟新的家园。在不长的时间里，他占领了东山，改名为清莱，之后又扩张到哈里奔猜、南奔、清迈等地。

南奔、清迈两地离素可泰不远。昆明莱恐怕昭兰疑心自己有染指素可泰之心，便下书去邀请昭兰来共同商议立国清迈的大事。

五、建立素可泰王朝

在邦阳城主邦刚陶宫前的广场上，聚集了成千上万的人。他们群情激愤，个个摩拳擦掌、跃跃欲试。城主及大臣们正在大厅里等待着来自叻城的消息。假如叻城城主昆帕勐同意共同举事，那么泰人推翻高棉人统治的日子就要到来了。

终于有大臣来报：昆帕勐城主决定与邦刚陶城主共襄大举。

"昆帕勐同意四月十五出兵！他们从南面进击，我们邦阳军队从北面强攻。南北夹击，克伦南朋必败无疑！"邦刚陶兴奋地向广场上的人们宣布了这个消息。回头又对儿子昭兰说：

"我看打败高棉人，收复素可泰并非难事。因为高棉人骄奢淫逸已久，对我们泰人毫无戒备。难的倒是将来的素可泰由谁来治理。"

"当然是父王。"昭兰毫不迟疑地回答,"这次攻城,我们一定要尽全力,抢在昆帕勐之前打进城去。首先进城的人自然应该当仁不让地登上国王宝座。"

邦刚陶就命昭兰为攻城先锋。昭兰身先士卒,勇猛无比,骑象撞破城门,直捣王宫,活捉了高棉总督克伦南朋。这一仗,士兵死伤无数,但也换取了泰人的解放。

昆帕勐见邦刚陶的军队首先攻入素可泰城,也就同意拥戴邦刚陶做素可泰的国王。立王号"昆西因陀罗提"。素可泰从此摆脱了高棉人的统治。

六、伟大的兰甘亨王

昭兰十九岁时,乔国城主昆三春与素可泰国王昆西因陀罗提交战。昆西因陀罗提打不过昆三春,眼看要被昆三春挑下战象的时候,昭兰挺枪而上,驱象撞向昆三春的坐骑,一枪取了昆三春性命,敌军大败而逃。

昭兰救了父王的驾,父王赐他封号"兰甘亨"(意为骁勇之神),并有意将王位传给他。但是兰甘亨却坚持遵从旧制,以长兄为先。不久,昆西因陀罗提病故,长子昆班勐便承袭了王位。

公元1277年,昆班勐去世,素可泰人民一致拥戴他们心目中的英雄兰甘亨即位为王。

兰甘亨在举行即位盛典时,他的两位结义好友安勐王和昆明莱都来参加了,并邀请兰甘亨回访自己的国家,兰甘亨也愉快地答应了。

这一时期的素可泰可谓国泰民安、繁荣昌盛。兰甘亨十分关心人民疾苦。他的宫门前挂有一个铜铃,无论高官显贵、平民百姓,谁有冤屈都可以摇铃鸣冤,兰甘亨总会亲自出来公平断案。这件事对于长期受高棉人压榨的素可泰人民来说如拨云见日,一时间传为美谈。

一天,兰甘亨征求大臣的意见说:"你们看我是否应该回访清盛国和帕天国呢?"

大臣说:"应该。只是路途遥远,且车行不便。"

兰甘亨说:"我已经查问过守关将士,他们说可以走水路,到了松国再走陆路。我此行主要目的是巩固与北方兄弟盟国的关系,而后逐步征服南方各国。南方可是鱼米之乡啊!"

星相大臣禀奏说:"陛下对南方各国志在必得,也是顺应天意,只是……只是……"

"只是什么?"

"只是陛下此去,运逢桃花,会有是非惹身,但并无大碍。"

兰甘亨听了,并未放在心上,命相士选了良辰吉时,便起驾上路了。

帕天国的安勐王为迎接兰甘亨的到来,在城门一直到王宫的道路两旁都插上了彩旗。列队欢迎的人群兴高采烈地等候着这位声名赫赫的青年国王的出现。安勐王骑着骏马,后面的轿子上坐着他美丽的王妃,宫娥彩女们像众星捧月般环绕在周围。

当兰甘亨的队伍缓缓走来时,安勐王下马快步迎上前去与兰甘亨亲热地拥抱在一起。此时锣鼓齐鸣,欢声四起。安勐王牵了王妃娘娥的手,引她见过兰甘亨。兰甘亨望着这位绝代佳人,心中竟生出一股说不出的酸涩。

在盛大的欢迎宴上,安勐王又让娘娥献舞。一边赏舞,一边问兰甘亨:"亲爱的朋友,素可泰可有人比我的王妃跳得更美?"

"怎么可能有呢? 王妃真是天上仙女下界,为了让我们这些俗子一饱眼福的。"

宴罢,兰甘亨回到下榻的客馆,却久久难眠。望着窗外御花园上空的明月和园中的绿树、假山,不禁情思涌动,信步走了进去。此时御花园中飘来一股淡淡的奇香,兰甘亨循着香气走来,拐过一处假山,月光下赫然是一位肌肤如玉、乌发披肩的美人静静地坐在那里,两眼出神地凝望着前方的客馆。

兰甘亨走近前去,戏言道:"是何方神仙在此?"

娘娥一惊,抬头一看,正是自己思念中人,不由得又羞又怕,只轻声回答:"是我。"

兰甘亨贴近娘娥,二人拥在了一起。

七、二度明誓

御花园中的一幕,被安勐王的宫廷总管看个正着。总管如实禀告了安勐王。安勐王痛心疾首:一个是心爱的王妃,一个是结义兄弟。怎么办?处死兰甘亨,还是放他一马?

正在左右为难,决心未下之时,他想到了昆明莱。一封请柬,把昆明莱请到了帕天国。

昆明莱听完了经过,认为此事非同小可,关系到泰人国家的安危。若是盟友反目为仇,彼此争斗,势必削弱各自的实力,使高棉人坐收渔翁之利。

当天夜深人静之时,昆明莱把安勐王与兰甘亨请到一座大寺之内,请兰甘亨说明真相。兰甘亨承认曾与娘娥深夜私会,但发誓说绝无非礼之事。因为当他拥抱娘娥的一刹那,耳边响起了师父的叮嘱,于是收住了自己的非分之念。安勐王听了,心中的怒火才消了一半。

昆明莱趁机建议三人再次盟誓,结为兄弟。他们就在僧人和婆罗门法师面前二度举行了水咒仪式。从此三人和好如初,三国相安无事。

八、兰甘亨创建伟业

安邦定国之后，兰甘亨励精图治，把素可泰王国推向了繁荣昌盛的顶峰。

为了泰民族的千秋大计，兰甘亨亲自召集宫廷大臣商讨创造了泰民族自己的文字，结束了使用高棉文的历史，并把这种泰文刻在石碑上、写在贝叶上，通过寺庙广为传播。泰文文字从此诞生。

兰甘亨还积极发展同中国的友好关系，多次派使团去中国，请回中国的陶瓷工匠，建窑生产陶瓷器皿，改变了泰人用芭蕉叶或粗陶器盛饭的习惯。他对大臣们说："你们注意到中国工匠的打扮了吗？他们上身穿衣服、下身穿裤子、脚上踩着木屐，这样又方便又干净。他们吃饭用筷子而不是用手，喝水要喝热水泡开的茶，这样就不会生病。这些都是我们应该学习的啊！"

社会文明发展、人民体魄强健之后，兰甘亨开始广召兵马、操练军队、制造兵器、储备粮草。经过一段准备，他发动了统一南方各城邦小国的战争。在不长的时间里，素可泰王国的疆域已经大大扩展。北至帕莱、南抵马来半岛、东达万象、西接宏萨瓦迪。整个黄金半岛都已是素可泰的国土，曾经旗鼓相当的清盛国、帕天国，此时已是望尘莫及了。

一天，国王太傅向兰甘亨建议说："现今我素可泰地广物丰，繁荣强盛,可是民心不稳。尤其南北各归顺国的降民颇难驾驭。就是本国百姓,富足日久,物欲横流,对国家的长治久安,也是隐患。"

兰甘亨说:"有这么严重吗?"

太傅说:"权势如烈火,财富迷人心。强大的素可泰,不必担心外部敌人,令人忧虑的倒是内部的争夺和自相残杀。"

"那么,应该怎么办呢?"

"人,要有心灵的依托。陛下应该弘扬宗教,教化百姓,让他们懂得道德和正义比权力和财富更重要。"看着兰甘亨正在虚心聆听,太傅又接着说,"南方的西探马叻城有部三藏经,是教人向善的宝典。陛下何不把它请到素可泰来?"

兰甘亨接受了太傅的建议,派太傅及护从一行南下西探马叻,请回了三藏佛经及一尊佛像,供奉在素可泰城中,又请了高僧向人们讲解经文。从此,皈依佛教者日众,寺庙和僧侣随处可见,素可泰一派祥和盛景。

兰甘亨王于公元 1317 年去世,在位四十年。

帕銮的传说

这是关于素可泰国王帕銮的传说。

西探玛索国王偶然与纳迦龙王的女儿相遇,两人倾心相爱。与龙女分开回国的时候,国王向龙女发誓,说一定会派人来把她接回王宫。可是一走却没有了消息。龙女等啊等,等得十分伤心。为了表示决绝,就将自己的血涂在国王送给她的定情戒指和一方红帕之上丢下,返回纳迦国去了。

一只蟾蜍路过,闻到血腥味,把戒指吞进腹中。一个男孩就在蟾蜍腹中孕育。一天,一对老夫妇到河边捕鱼。下了鱼筌,打上来一看,是一只蟾蜍,就放回河里。第二次再打上来一看,还是那只蟾蜍。如此三番五次打上来的都是这只蟾蜍。老夫妇正纳闷,蟾蜍竟开口向老夫妇求救。老夫妇答应了,想把蟾蜍带回家养着。结果一放进鱼篓里,蟾蜍就掉落到地上。再捡起来放进去,还是掉出来落到地上。老夫妇俩很奇怪,仔细一看,原来它肚子里怀了孕。过了一会儿,竟然生出一个小男孩儿。小男孩儿生出来,老夫妇就把他带回了家,把他当儿子抚养,还给他起了个名字叫"銮"(Ruang),意思是"掉落"。

这男孩生来就有神力,而且长得俊美健壮。有一次,銮的老父亲必须运送100捆竹子给西探玛索国王建造王宫。这么多竹子,可怎么运啊?老父亲发了愁。銮安慰父亲不必发愁,说自己有办法。他念了几句咒语,竹子竟然跟着人自己移动到了目的地。接着又到了造房的吉时,需要立房柱了,却怎么也立不稳。銮又念了几句咒语,柱子就妥妥地立在那里了。銮的神奇法力传到西探玛索国王的耳朵里,国王立即召见了他。一问之下,才知道原来銮正是自己和龙女的儿子。父子相认,銮成了王子,赐号帕銮。按照佛教习俗,帕銮必须先到寺庙去剃度修行。

那时候正是高棉国势强盛时期。周围的城邦小国都必须向高棉缴纳"水税",也就是进贡水。帕銮的国家也不例外。为了运水方便,帕銮命工匠改造运水车,以保证沿途不会洒出水来,否则到了高棉国会因为水的分量不足受到惩罚。这样的运水车到了高棉的王宫,水总是满满的。高棉王非常满意,但是也担心帕銮的国家日后会脱离高棉国而独立。过了不久,高棉王就派杀手去行刺帕銮。杀手想趁帕銮在寺院扫地时实施暗杀。不想刚一露头,就被帕銮念出的咒语定在那里变成了石头。高棉王的阴谋则以失败告终。

经此一事,帕銮遂还俗离开寺庙。他先去拜别父亲,然后去了素可泰城,最终在那里建立了素可泰王国。

聪明的工匠

瓶沙王为阿阇世王子修建宫殿。因为缺少工匠，就到中国去找了一百零一个工匠。说好工具、材料要什么给什么，只求把宫殿盖得漂亮。瓶沙王的图纸上是七层七顶大殿，工匠就照图纸去建。施工期间，瓶沙王不断地来看。快完工了，瓶沙王一看："哇！不得了！真是美不胜收。中国工匠可真是了不得！"

这时候，侍卫凑近他的身边说："阿阇世王子有令，待工程一完，要我们立刻禀告他，他要亲自来看，满意了，就立刻砍掉中国工匠的手，挖掉他们的眼珠，免得他们再去给别人建造同样的宫殿。"瓶沙王一听，那怎么行呢？中国工匠辛辛苦苦盖成了这么美的宫殿，反倒要毁了他们，以后再到哪里找这样好的工匠呢？于是，瓶沙王就瞒住了阿阇世王子，不告诉他哪天完工。

中国工匠的领班是个聪明人。宫殿盖到顶屋时，他就要了一批轻木材和十分牢固的绳子，说是因为顶部不能承重太多。瓶沙王自然一口答应。待到材料备全了，领班暗自高兴，告诉伙伴们说:"我们赶快每人做一只木凤凰,天亮前,骑上逃走。"

到了凌晨,有人听到空中一阵呼啦呼啦的声响。

天亮了,王子来视察新建成的宫殿,问道:"那些中国工匠呢?"

侍卫说:"都在宫殿顶上呢!"王子就叫人跑上去看。

可是,哪里还有一个人影儿?全都跑光了。连工具都一件没剩。

王子大怒,责问监工为何不及时报告。监工说:"他们要是走出去,我们一定会知道的,可是殿下您看,这地上连个脚印都没有,天知道他们是怎么逃走的呢!"

阿阇世王子一句话也说不出来。

宋干节的传说

　　古时候有个富翁，家中财产无数，但却没有子嗣。邻居是个酒鬼，倒有两个儿子。有一天，酒鬼喝醉了，出口辱骂富翁。富翁说："你怎么竟敢对我这个富绅如此无理呢！"

　　酒鬼却趾高气扬地说："你虽然富有，却没有后代。你死了，财富等于白白丢掉；我虽然穷，可是有儿孙，比你强百倍。"

　　富翁自惭形秽，发誓要得到子嗣。他虔诚地祈求神明，可是一连求了三年，毫无结果。富翁并不灰心，他择了一个吉日，斋戒沐浴，率领全家，来到河边一棵千年榕树下，设下祭坛，摆上香烛，奏起鼓乐，阖家一起向榕树膜拜，求树神赐子。

　　树神深为富翁的诚心感动，就上天去禀告了因陀罗神。因陀罗神命护法童子下凡投胎到富翁家。富翁的妻子怀孕十个月后生下一个男童，取名古曼。古曼聪颖非凡，七岁能读《吠陀经》，上知天文，下知地理，还能预言天下事，听得懂禽言兽语。从前，人们有灾有难时都去求伽宾蓬仙师，现在有了神童古曼，伽宾蓬就落到

"门可罗雀"的境地。他心中当然愤愤不平，发誓要跟古曼比个高低。

伽宾蓬对古曼说："我出三个问题，如果你都能答对，我宁愿割下自己的头颅；要是答不上来，你的脑袋就得被砍下来。这三道题是：人身上的光华早晨在哪里？中午在哪里？晚上在哪里？"古曼听了，一时回答不上来，就要求伽宾蓬给他七天时间。伽宾蓬答应了。

古曼苦苦思索了六天六夜，还是找不到答案。他心烦意乱地在林子里一边走一边想。直走到太阳下山，仍然想不出头绪。他躺在一棵大树下，心想：今夜如果再想不出来，明天是必死无疑了。正在这时，突然听到树上一对老鹰的对话：

"明天我们有什么食物吃吗？"雌鹰问。

"明天可以吃古曼的肉啊！他想不出伽宾蓬问题的答案，就得砍下自己的脑袋。到时候我们就可以饱餐一顿了。"雄鹰回答。

"到底是什么问题，连聪明的古曼都答不上来呢？"雌鹰又问。

雄鹰说："其实问题很简单。人的光华早晨在脸上，所以早晨人要洗脸；中午光华移到胸前，人们才用香料涂身；夜晚会移到脚下，所以要洗脚。"

古曼听完，高兴地跳起来就往家跑。第二天清早，伽宾蓬来找古曼。古曼回答了三个问题，伽宾蓬只好服输。

在割下自己的头颅之前，伽宾蓬把七个女儿召来，告诉她们自已跟古曼打赌打输了的事，又嘱咐女儿们说："我的头颅割下来以后，如果落到地上，人间就会一片火海；如果抛向天空，世上就会闹起旱灾；要是投入大海，海水就会干涸。所以你们必须把我的头盛进容器里好生守护。"说完，伽宾蓬把自己的头颅割下，递给大女儿通莎之后，就倒下了。

通莎用托盘托着父亲的头颅，绕着须弥仙山走了三圈，之后就送到山洞里供奉，由七个女儿轮流守护。

伽宾蓬的七个女儿，就是宋干女神。每年到了伽宾蓬的忌日，就由一位宋干女神用托盘托着伽宾蓬的头颅，乘着自己的坐骑，出来巡游。这一天就叫作宋干节，后来，就成了泰族人的新年。

宋干节在每年四月十三日至十五日，节日里人们互相泼水祝福，这是求福禳灾之意。此外，人们还要到寺庙里施斋浴佛、听和尚诵经、堆沙塔、放生等。街道上还有彩车游行，彩车上端坐着选出的美女宋干小姐，游行队伍载歌载舞，锣鼓喧天，热闹非常。

放生鱼的由来

从前有一位高僧，道行很深，既精通佛经，又通晓占卜之术，能替人消灾解难。有一年的宋干节前，他的徒弟向师父请假，想趁宋干节回家看望父母。临行前，他暗自为徒弟算了一卦，知道小和尚命数已尽，将在回家途中死去。但他不忍把实情说出口，就一再叮嘱徒弟，路上多做行善积德的好事。

小和尚在回家路上经过一个水塘，看到已近干涸的塘底有些奄奄一息的鱼儿在泥水中挣扎。他想起师父的教诲，就急忙把鱼儿救起，快步跑到旁边的小河边，把鱼放进河水中，鱼儿得救了。小和尚高兴地回到家中，与父母在宋干节团聚。过完节，小和尚回到寺庙，先去拜见师父。师父一见他回来，心下暗自吃惊，问他一路上可遇到什么事情，小和尚如实讲了自己救鱼的经过，师父才告诉他，你本来阳寿已尽，只因一次善行，使自己的寿数得以延续。

后来村里人知道了这件事，纷纷传颂，也学着在宋干节放生鱼儿，以求长寿平安。

香　娘

巴达叻国国王瓦罗干和王后布萨芭膝下无子,只有一个女儿格西妮刚刚十六岁。国王和王后因为没有王子继承王位,心中很是苦闷。一天,国王与王后商议,尽快为公主选一位驸马,将来也好把国家交给他治理,王后表示同意。国王就命大臣速去诏告天下:"各国王子,二十岁以下尚未择妃者,可来应选驸马。"

周围一百零一个国家的国王,得到这个消息后,纷纷把儿子们叫来,叮嘱他们千万不要错过这个大好时机。如能有此福分,被招为驸马,巴达叻国就是掌中之物了。

各国王子来到巴达叻国,递上自己的名帖,就等着次日接受格西妮公主的挑选了。

第二天一早,王子们天不亮就起了床,有的左挑右选,试穿着华丽的衣服;有的涂脂抹粉,精心打扮;有的对着柱子练习如何暗送秋波;有的高哦低吟想以情诗打动公主,乱哄哄地一直折腾到天亮。王子们在公主抛花环的皇家广场聚齐之后,国王和王后先登上彩楼,扫视一周,然后就命宫女们把公主搀扶出来。

格西妮公主根本就对抛花选婿毫无兴趣。她心不在焉地手执花环在台上缓缓移步,眼神扫过所有王子,却没有一人能中她心意。于是她走到国王和王后跟前说道:"孩儿看过所有王子,并无一人与孩儿有缘。孩儿宁愿终生侍奉在父母身边,为父王、母后养老送终。"

瓦罗干国王非常失望,可又不忍心强迫女儿,只好一边请各国王子各自返回,一边又诏告全国:"所有男子,无论老少贫富,明日均须齐集广场,由公主抛花选婿。"

这下全国的男人都兴奋极了,个个做起了当驸马的美梦,就连瞎子、瘸子也都请人牵着、扶着赶来碰运气,整个广场被人们挤得满满的。

在这些候选的男人中,有一个疯子一会儿哭,一会儿笑,一会儿自言自语,一会儿搔首抓背,一会儿又闭目抽烟。凭着这副"尊容",他竟目空一切地挤到彩楼前面的台子上。周围的人看了,无不骂他太不知天高地厚。

不一会儿,公主由宫女搀扶着出现在彩楼上。她漫不经心地扫了一眼台下,突然,目光停留在这疯汉身上不动了。在公主的眼里,他哪里是什么疯汉?明明是一位英俊潇洒、无比尊贵的天神!她一下就把花环抛向了疯汉。疯汉双手接住,一时人群大哗。国王瓦罗干登时气晕过去,待到苏醒过来,立刻下令让大臣把疯汉赶走。可是，那疯汉却凭着几块砖头，就把大臣们打得头破血流，无人能够近前。打退了大臣，疯汉摇身一变，竟成了因陀罗神。因陀罗神抱起格西妮公主，腾空而起，升上天去。国王和大臣以及众百姓个个吓得不知所措。国王一面向因陀罗神请罪，一面不忘恳求他照顾好自己的女儿。因陀罗神见瓦罗干已知错，就提醒他说："你身为国王，不该出尔反尔。既然国中男子无论老少贫富都可前来候选，怎么一见公主选中了穷汉就又反悔呢？"说完，抱着公主升往忉利天。

格西妮与因陀罗神在天堂住了不久，就怀了身孕，眼看快要分娩了。

因陀罗神思忖道："这天堂之上从未有过产子之事，不如把她送回人间再说。"因陀罗神抱起格西妮，飞回人间，来到一片竹林中，变化出一张柔软舒适的床铺，让格西妮休息。这一来便惊动了土地神、山林神，他们见因陀罗神有难，急忙前来相助。格西妮在众神帮助下，安全产下一个女婴。这女婴不但皮肤洁白，而且身有异香。因陀罗神视若掌上明珠，每日亲自摇着摇篮，哼着儿歌陪女儿玩耍。这样过了七天，因陀罗神担心忉利天上的阿修罗会洗劫他的宫殿，就想回天堂。可是女儿怎么办呢？带到天堂上去又怕她会整日哭闹，搅得天堂不宁。于是因陀罗神就选一棵最大最粗的竹子，把女儿放在里边，又变化出许多的珠宝首饰给女儿戴上，然后给她取了个名字叫"香娘"。离开时，因陀罗神对天祈祷说：

"日后如果遇到香娘命中夫婿,此竹可以裂开;如非命中夫婿,任凭刀劈斧砍,万勿断裂。"说完,抱起格西妮,返回天堂去了。

话说国王皮才努拉十五岁的儿子玛尼皮才,正当青春年少,酷爱骑射游猎。一日他率领一班人马,来到郁郁葱葱的竹林里,看到参天翠竹,顿感心旷神怡,就命属下在林中搭亭驻跸①。晚上,王子梦见有鲜花从天上落下,被他接在手中。次日醒来,不见鲜花,却有扑鼻花香自南方徐徐飘来。王子心中奇怪,就骑马循着花香找去。来到一株硕大的竹子面前,发现香气就是从这竹子里散发出来的。王子很想知道竹子里边到底有什么,就让随行的大臣们去砍,可是无论怎么砍,那竹子就像铁铸的一般,连痕迹都没有留下。王子越发奇怪,就下了马,亲自挥刀砍去。只一下,竹子就裂开来,里面走出一个袅袅婷婷、貌若天仙的姑娘。王子一见,立刻情不自禁地爱上了她,问她叫什么名字,是谁家女儿,姑娘羞羞答答不肯开口。本来嘛!这香娘在竹子里长了十五年,从未见过别人,第一次跟小伙子见面,哪能不害羞呢?玛尼皮才也不难为她,就叫大臣去找了一顶轿子来,把香娘抬着带回了宫中。

中国有位王爷,有七个女儿,六个女儿都先后出嫁了,只有最小的女儿金达拉,年方十五,待字闺中。王爷听说玛尼皮才与金达拉年纪相仿,就派了使者,带了礼品和书信前来求婚。

---

① 驻跸:帝王出行时沿途停留暂住的地方。

使团经过景宏，来到清迈。守城官报告了国王皮才努拉，国王命使团觐见。使者说明来意，皮才努拉十分高兴，当下就表示愿意让王子玛尼皮才迎娶金达拉，只是希望雨季过后再举行婚礼。订下这桩婚事，国王皮才努拉就叫宫女去传玛尼皮才来见，准备将喜讯告诉他。

玛尼皮才那里，早有下人传过信儿来，等到宫女来传，他就假装卧病不起，说是因为打猎时不小心失足坠马受了伤。

宫女回禀了国王，国王一听，一边大骂侍从们失职，一边就同王后急忙赶来看望玛尼皮才。

来到玛尼皮才宫门口，只见宫门紧闭，侍从敲了半天，听见里面有女人娇嗔的声音。等到门开了，只见儿子正与一位仙女般美丽的姑娘双双叩拜接驾。

国王问道："这个女孩是谁？从哪里来？"

玛尼皮才如实讲了香娘的来历，告诉父王说："香娘是因陀罗神和格西妮公主之女。"

出乎意料的是，国王听了，并无不悦，反倒对香娘说："你两人相遇也是姻缘注定，玛尼皮才瞒着父王，不然父王会派仪仗队风风光光地把你接进宫来。不过，你不必担心，父王还会为你们举行盛大的婚礼。"

王后一听，急忙在旁提醒说："陛下忘了刚才已经答应中国王爷的求婚了？若被他们知道，一场战事可就难免了。"

国王皮才努拉不以为然地说："怕什么？让玛尼皮才与香娘先住一年，一年后再把儿子送到中国去。"

王后简达见国王出言强硬，就不敢再说什么，但心中却很担心此举会惹恼中国。她心想："中国富庶无比，能与他们结亲，日后自然好处不少。"这样想来，就十分厌恶香娘，必欲除之而后快。

一天，王后读着《佩恰蒙固》的故事，忽然觉得书中人物普西害人的计谋妙极了，就想用来陷害香娘。当天夜里，她偷偷潜入儿子的寝宫，见儿子与香娘正睡得香甜，就把一截猫尾巴插在香娘的发髻里，把猫血涂在她嘴上，然后又偷偷回到自己宫中，大惊小怪地喊醒宫娥、侍卫说："不得了了！刚才有个女龉龊鬼上来，抓了我的花猫儿吃了！看样子好像是王子从竹林里带回的女人，快跟我去看看！"说完就带着一帮人直奔玛尼皮才的寝宫。

王后一边嚷着抓龉龊鬼，一边闯进屋里。玛尼皮才和香娘惊醒后弄得丈二和尚摸不着头脑。王后指着口染猫血的香娘，一口咬定是她。香娘叫冤，王后又抓起她的发髻，从中揪出一截猫尾巴。证据确凿，香娘百口难辩，只有不停地哭泣。玛尼皮才心乱如麻，不知如何处置香娘。王后看儿子仍然迟疑不决，就说："你若仍要留此妖孽，母后就只有一死了！"

玛尼皮才岂敢冒此天下之大不韪，只好说："听凭母后处置吧！"

王后说："这种丑事千万不能张扬出去。赶快把她装进箱子，

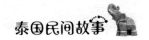

趁黑夜丢弃到森林里。"

香娘被王宫里管丧事的人抬到一片荒林中。那几个人因为怕䶪齨鬼闹事，把箱子往地上一放，赶紧撒腿就跑。剩下香娘一个人，又是深更半夜，不知怎么办才好。她只好先爬出箱子，胡乱地东奔西走，盼着能走出森林。香娘一边走，一边回忆着与玛尼皮才初见时的情景和在一起的快乐，如今落得一个人孤零零的无处投奔，愈加伤心起来。走啊走啊，走得又饿又累，她想坐在一棵大榕树下休息一会儿，没想到竟睡了过去。

香娘的遭遇惊动了天上的因陀罗神，本来他的座椅十分柔软舒适，忽然间竟觉得硬如磐石。因陀罗神定睛向人间望去，知道女儿香娘有难，就急忙从天上来到人间，把在榕树下睡着了的女儿唤醒。他问明原委，安慰女儿说："不要伤心了，孩子。俗话说，以牙还牙。简达王后陷害你，我们也可以惩治她。我会让她被毒蛇咬伤，百治无效，再把你变成婆罗门修道士，只有你才能把她治好。等着吧，不久自会有王宫里的人来请你。"

说完，因陀罗神就变出一座庙，又把女儿扮成婆罗门修道士，教给她几句咒语，待她记牢了，自己就返回天上去了。

一天，简达王后忽然想到河里游泳，就叫上宫女们来到河边。下水后，正玩儿得高兴时，无意中看到一朵荷花漂过来。简达顺手捡起，闻着荷花的清香，爱不释手，就把它插在了发髻上。荷花中的一条小蛇，慢慢地爬了出来，照着简达的脑袋狠狠咬了一口，哧溜一下钻进伤口不见了。

简达王后疼痛难忍，一下昏厥过去。宫女们吓得乱作一团，赶紧叫人回宫禀告国王和王子。

国王迅速赶来，见简达硬挺挺地躺在地上不省人事，也慌了手脚。大臣们奉命请来许多专治蛇咬的医生，但医生个个都没有办法把蛇毒排出来。国王只好命人四处敲着锣寻访名医："谁能治好王后的病必有重赏！"

差人来到香娘所在的庙前，香娘一听，就知道是父亲的安排。于是把敲锣的叫进去问他们发生了什么事。差人从头讲了一遍，问香娘能不能治。香娘说："我治好的身中蛇毒的病人数不清，料想这次也非难事。只是我不能这样走路去，得用轿来抬才行。"

差人一听，急忙回宫去禀告了国王。国王皮才努拉就派了轿子去接香娘。

香娘上了轿子，一路上心中七上八下，想想马上就要见到玛尼皮才了，不知到时候自己能不能忍得住不哭出声来。进了宫门，刚巧就先遇见玛尼皮才。香娘虽是修道士打扮，还是被玛尼皮才看出破绽："怎么这么像香娘？"

玛尼皮才想着就一步抢上前去问道："师父从哪里来？叫什么名字？"

香娘强作镇定地回答："我是阿利雅婆罗门，自小父母双亡，学得一些法术，就在林中庙内修行。"

玛尼皮才听她声音,更觉与香娘一般无二,就急于验证她是否男儿身。他故意关心地扯着香娘的衣服说:"天气热得很,师父何不宽宽衣?"

香娘明白,立即回答道:"修道之人,无论冷热都须这般装束。不劳王子关心,快带我去见病人吧。"

王子不肯罢休,一路不断试探:"师父此番若能治好母后的病,要多少酬金,尽管开口。"

"酬金分文不取,只有一个条件。"

"什么条件?"

"要王子去做我的仆人。"

王子一听,更加确信此人必是香娘无疑,于是乐得顺水推舟,一口答应。

香娘心中暗自高兴,说话间,来到王后寝宫。香娘按照父亲因陀罗神的吩咐,取出三颗槟榔,吹口法气,念念有词。待咒语一停,竟有一条小蛇从伤口处弯弯曲曲地爬了出来,众人吓得大叫。香娘又用咒语驱使小蛇返回伤口处,将毒液吸出,王后才渐渐苏醒过来。

国王皮才努拉见王后已醒,心中十分感激这位修道士。国王说:"你能救活王后,恩重如山。如不嫌弃,就住在宫里不要回去了。我会像对待亲生儿子一样对待你。你要什么我都会答应的。"

香娘说:"我的师父曾经叮嘱我说,不可索人财物,只可要人。

我已经跟王子说好，要他随我去做仆人。王子已经答应了。"

国王无话可说。

香娘又走近王后问道："还有一事，其实与我无关，只是想要明白真相，请王后如实相告，若是说谎，性命仍然难保。"

王后问："什么事？"

香娘说："全国百姓都在纷纷议论香娘是个龉龊鬼，偷吃了王后的猫，因而被丢在荒林里，可有此事？"

王后见问，心中一惊，想要掩盖，又怕丢了性命，忸怩了半天，才凑近香娘身边，把自己如何贪图中国王爷的富贵，设计谋害香娘，以便促成玛尼皮才与王爷女儿的婚姻一事，一一说了出来。国王在旁也听了个一清二楚，气得大发雷霆，挥杖要打简达王后。

香娘急忙劝说："国王息怒，都怪我多事，问出是非来。"回头又对玛尼皮才说："天快黑了，我们也该上路了。"玛尼皮才便拜辞了父母，跟香娘回森林茅舍中去。国王、王后心中百般不愿，却也不便开口阻拦，只好放儿子去了。

玛尼皮才在森林茅舍中老老实实地服侍着"婆罗门修道士"。香娘几次考验，都证明他对自己并无二心，只是不敢违抗父亲意旨，暴露自己的身份。许多天过去了，香娘觉得该放他回宫去了。王子却依依不舍，不愿离开，但又没有理由留在这位"修道士"身边，只好恋恋不舍地回了王宫。

再说中国王爷左等右等不见玛尼皮才前来完婚，就派人来催促,还恐吓说,如若赖婚,两国一定会兵戎相见。皮才努拉国王交不出儿子,正在为难,幸好玛尼皮才这时被香娘放了回来。为了两国不起战事,玛尼皮才就对父亲说,自己愿随使臣去中国完婚。皮才努拉就送儿子与使臣上了路。

自从放走了玛尼皮才,香娘一人在庙中时刻思念着她的王子,几天之后终于忍耐不住,决定回去找他。到了城内,听说玛尼皮才已随中国使臣去了中国,心想:"大事不好!自己心爱的人要被别人抢去了。"于是紧追慢赶,终于在半路追上了王子一行,并混在队伍中一同进了中国王宫。

使臣向王爷禀告说,玛尼皮才迟迟不来完婚,是因为恋着另一位妃子。王爷一听大怒,决定惩治一下这个狂妄之徒,就对玛尼皮才说:"你既然来了,我就会挑选吉日良辰给你们完婚。不过,在此之前,你得在一天之内准备好一千份槟榔礼盒做彩礼。如果有误,定斩不赦。"

玛尼皮才一下子慌了神。天哪!这是在中国,不是在自己的国家呀,我孤身一人,一天之内到哪里去找到一千份槟榔礼盒啊!

正在一筹莫展之际,"婆罗门修道士"凑到他身边说:"王爷这一招一定是要置你于死地了,如今只有一走了之。"

玛尼皮才当夜就与"婆罗门修道士"逃了出来。两人在密林里没日没夜地奔走,受尽千辛万苦,等到逃离了中国,方才松了一口气,靠在一棵大树下,沉沉睡去。

想不到二人虽然逃出了中国，却又闯进了吃人的夜叉国。恰好那天夜叉国大臣南塔干出来游玩，看见有两个人在树下酣睡，心中大喜。"哈哈！这回可是我的口福了！"于是，他就施展迷魂术，以防二人醒来。南塔干又想：先扛走哪一个呢？思来想去，觉得香娘是婆罗门修道士，怕是有法术不易对付，就先把玛尼皮才扛走了。

回到家中，正待要大快朵颐①，南塔干忽然想起夜叉王后新近丧夫，这美味倒应先孝敬王后才对，于是便扛了玛尼皮才去送给了王后。王后正要下口时，又想起女儿帕嘉，这孩子长这么大还没有尝过如此鲜美的人肉呢！就把玛尼皮才送给了女儿。

帕嘉一见玛尼皮才，就很是喜爱，便自己留了下来，为他解了迷魂药，逼他陪伴在自己身边，并威吓说："你若不允，我随时都会把你吃掉！"

玛尼皮才心中害怕，只得假意应允。

再说香娘在树下慢慢醒来，发现身边不见了玛尼皮才，大吃一惊，四处寻找没有踪影，却发现地上的夜叉脚印。顺着脚印找去，终于找到了夜叉王的宫殿。那时天色已黑，香娘便施法催眠了守门夜叉，径自闯进宫去。东找西找，最后找到了帕嘉的寝宫，进门一看，玛尼皮才正与帕嘉同床而卧。香娘一时又妒又气，冲上前

①　大快朵颐：形容食物鲜美，吃得很满意。

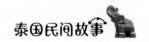

去,推醒玛尼皮才,一通数落:"好个多情王子!我为你忍辱受难,你倒跑到这里找了个母夜叉图快活!当初你从竹林里把我接走,说要好好待我。可是你的母后陷害我时,你竟忍心把我遗弃。亏我福大命大遇难不死,这次反倒把你从中国救回。本以为从此夫妻相守,岂料你却又有新欢!"

香娘情急之下的一番责怪,泄露了天机,倒让玛尼皮才心中的疑问一下子消散了,原来这个"婆罗门修道士"正是自己心爱的香娘!

玛尼皮才跟随香娘逃出夜叉王宫,祈求香娘原谅,香娘不依,玛尼皮才急得昏倒在地。香娘以为他猝死,也惊厥晕倒。因陀罗神此时正在天宫打坐,忽然又觉座椅变硬,知是女儿有难,便急忙下凡相助。他把二人送回皮才努拉国王身边。国王大喜,遂下令为他们筹办盛大婚礼,并把王位禅让给王子玛尼皮才。

沙穆阔王

很久很久以前,有一位国王,名叫云闼塔,统治着婆罗姆布拉城。他有一位王后,名叫帖提达。王后生了一位福泽深厚的王子。王子出生时伴随着一声震天动地的巨响,国王于是给他取名为"沙穆阔"①,以纪念他出生时的奇兆。

沙穆阔十六岁便已文成武就,加上相貌英俊,便受到百姓们的普遍赞扬和爱戴。很快,其他国家的百姓也都知道了:婆罗姆布拉城国王云闼塔有位叫沙穆阔的王子,英俊潇洒、气度不凡、举止文雅得体、智慧超群,真是人见人爱。

不久,消息传到了兰玛布拉城。国王悉哈诺拉库和王后伽诺伽娃迪膝下有位公主,叫苹图玛迪,出落得楚楚动人、婀娜多姿。听到传言沙穆阔王子仪表出众并知书识礼,苹图玛迪公主便想见一见他,看传言是否属实。

---

① 沙穆阔:在泰语中意为"咆哮的大海"。

悉哈诺拉库国王在兰玛布拉城中心建了座神庙。每逢礼佛节,即泰历初八、十五和月终日,他都会带领文武百官与王后、妃嫔、公主一起去神庙拜神。

一天,苹图玛迪公主陪父王去神庙。她身着五彩珠翠点缀的华服,端坐在金轿中,金轿四周围着众多宫女。洁白的短华盖前是仪仗队,鼓乐齐鸣、笙歌震天,一切都显示着她的尊贵身份。

队伍浩浩荡荡地来到了神庙,绕神庙顺时针走了三圈表示对神圣场所的敬意后,公主才缓缓下轿,走入庙中。她虔诚地跪在神像前,向神灵许愿:"万能的神啊! 如果您能把沙穆阔王子赐予我做夫婿,我将给您更多的供奉。"

许完愿后,她便起驾回宫,对沙穆阔王子的思念与日俱增。

有四位兰玛布拉城的婆罗门出游到婆罗姆布拉城。一进城,就见沙穆阔王子骑着一头象朝御花园缓缓而去。象身上撑着一顶白色华盖,周围是众多的仆从。队伍前后都有仪仗队,鼓乐喧天,好不气派! 四位婆罗门不觉停下了脚步。看到象身上气宇轩昂的沙穆阔王子,他们满心欢喜,直夸赞王子不论是相貌还是举止都不亚于骑着蔼拉宛①的因陀罗大帝②。于是,他们一起向王子大声祝福。

---

① 蔼拉宛:三头香叶象。
② 因陀罗大帝:婆罗门教的天神之王。

　　沙穆阔王子见人群中几位面生的婆罗门大声祝福自己，便止住象，询问他们："尊贵的婆罗门，你们从哪来？看样子你们一定是从遥远的国度历经波折到来的吧！你们有何贵干啊？"

　　四位婆罗门恭恭敬敬地回答："我们来自兰玛布拉城。听说殿下命兆祥瑞、英俊脱俗，还善良仁爱，广受百姓爱戴，我们便决心亲来一见。现见到殿下果然名副其实，我们非常激动，忍不住大声为殿下祈福。我们此行并无其他目的。"

　　王子听后十分高兴，盛情邀请他们同游御花园。之后，王子到一处殿阁休息，宣召四位婆罗门，询问兰玛布拉城的风土人情。四位婆罗门向他声情并茂地描述自己的国家："……我们的国王叫悉哈诺拉库，他和王后伽诺伽娃迪生有一位公主，名叫苹图玛迪，称得上是国色天香、美艳绝伦！各国国王都想一亲芳泽，纷纷派出使节向悉哈诺拉库国王提亲。可老国王至今也没能挑中个如意女婿……"

　　听几位婆罗门夸赞苹图玛迪公主的美貌，沙穆阔王子不禁怦然心动。他赐给四位婆罗门每人五百两黄金便起驾回宫。

　　第二天一早，王子向国王和王后请安。他把四位婆罗门盛赞苹图玛迪公主的话一字不漏地向他们禀明，并请求国王、王后恩准他前往与公主相见。国王和王后把爱子揽入怀中，心疼地说："孩子！千万别离开我们。我们很担心你，只要一天见不到你就会心感不安。你如果真喜欢那位公主，我们可以派使节前去提亲。"

沙穆阔王子不肯答应。他百般央求国王和王后，终于使他们应允了。

王子欣喜若狂。他立即传召四位婆罗门入宫，请他们饱餐了一顿，每人又加赐五百两黄金。到了傍晚，王子取出心爱的榀①，命一名曾服侍过他的婆罗门祭司的儿子抱着。然后取出五光十色的饰物，用布包裹好后交给他的另一名侍卫官。一切准备就绪，王子便带着四位婆罗门和两名随从朝兰玛布拉城方向出发了。

由于王子身带祥瑞，他们一路上非常顺利，不久就来到了兰玛布拉城外。他们停下休息了片刻。沙穆阔王子痛快地洗了个澡，换上华丽的衣裳，这才带上四位婆罗门和两名随从到城里的神庙拜神。

兰玛布拉城里的百姓见到沙穆阔王子异于常人的俊朗仪表，不禁惊为天人，都目不转睛地盯着他，许多人还一路跟到了神庙。

拜完神后，王子带着四位婆罗门和随从径直前往大王宫。到了王宫，王子请守门侍卫向国王通报，请求朝觐。得到国王恩准后，他便怀抱着榀、带上四位婆罗门和随从一同拜见国王。随后，他在大殿上为国王弹起榀来，悦耳动听的琴声令在场的所有人如痴如醉。

悉哈诺拉库国王眼见沙穆阔王子相貌英俊、风度翩翩、威武挺

---

① 榀：一种印度琵琶。

拔、人见人爱，还弹得一手好琴，心里十分高兴。于是，他传召四位婆罗门，询问沙穆阔王子的身份和来历。四位婆罗门向悉哈诺拉库国王禀告："他是婆罗姆布拉城国王云闳塔的儿子，名叫沙穆阔。"

国王心中暗喜，他十分喜爱这位青年。于是，他走下宝座，激动地抱住王子的头抚摸："朕要谢谢你，谢谢你不惜离乡背井、历尽艰辛、不远万里来访我国。朕高兴极了！"

巧得很，苹图玛迪公主正好也刚从神庙拜神归来觐见国王。她见沙穆阔王子果然名不虚传，不禁心花怒放。她偷眼瞧着王子，王子也目不转睛地盯着她。悉哈诺拉库国王见这对青年彼此吸引，心里由衷地喜悦。

沙穆阔王子心知自己已博得国王欢心，大喜过望。他跪倒在国王面前，谦卑地亲吻国王的脚："听百姓们纷纷赞扬陛下德泽仁厚、恩被苍生，就像一位慈父深爱着自己的黎民百姓。我心中暗自仰慕，决心亲自前来朝觐陛下。请让我做您忠实的奴仆吧！我会对您永远忠诚，直到死去。"

悉哈诺拉库国王非常高兴，他带上沙穆阔王子和心爱的女儿在文武百官的簇拥下来到了神庙。拜完神后，国王提起金水罐，把圣水洒在王子和自己的女儿头上，表示把女儿终身托付给沙穆阔王子。仪式结束后，国王让王子乘金轿回宫休息，然后派使节带上诏书和礼品前往婆罗姆布拉城，邀请云闳塔国王前来为沙穆阔王子和苹图玛迪公主主持婚礼。

云闳塔国王接到诏书后大喜，忙命人打开金库，置备价值连城的礼品，然后带上皇后，一行人浩浩荡荡地出发了。悉哈诺拉库国王命沙穆阔王子出城迎接父王母后。随后，两位国王便为这对青年举行了盛大的婚礼。

云闳塔国王在兰玛布拉城中小住了一个月，便将心爱的儿子托付给悉哈诺拉库国王，起驾回婆罗姆布拉城。

沙穆阔王子和苹图玛迪公主在金碧辉煌的王宫中过着令神仙也羡慕的幸福生活。一天，公主对丈夫说：

"妾身曾听到百姓们夸赞殿下，便渴望与殿下一见，只好到神庙中向天神许愿，求神将殿下赐予我做夫婿。今妾身之愿已然实现，请允许妾身前去还愿。"

王子微微一笑，也把自己的故事讲给她听：从一开始听四位婆罗门赞叹公主的贤淑美貌直到自己不知不觉爱上她，到后来凭着爱的神奇力量历尽艰辛前来相见，到最后如愿以偿地结为夫妻。

……

转眼间，沙穆阔王子与苹图玛迪公主已快乐地生活了一年有余。这天，他俩乘着金轿由仆从簇拥着到御花园游玩。

有位持明①住在雪山林的盖拉沙山峰上。这座山峰终年积

①　持明：服侍湿婆的神仙，有神力。

雪、皓白如银，十分悦目。一日，持明携妻采摘各色鲜花装扮停当，便盘膝而坐，让妻子横坐在自己膝盖上，然后一手持双刃剑，一手紧握剑鞘，腾空而起，在空中自在地遨游。

还有一位持明住在金光灿灿的善见山①顶。这一天他恰好也想出山游玩，便四处采摘塔娄木兰，把自己装饰一番后也手持双刃剑飞到空中。不久他就遇上了那位携妻游玩的持明。两位持明都自诩神通广大，一言不合便动起手来。空中瞬时剑影重重。那位携妻的持明不敌，被掳走妻子，自己也被刺得遍体鳞伤，跌下云来，一头栽进沙穆阔王子的御花园中。

沙穆阔王子由两名随从陪同，正在御花园中散步。突然见到地上躺着一位浑身鲜血淋漓、低声呻吟着的持明，他赶忙上前搀扶，询问其受伤缘由。听持明细说前因后果之后，王子顿生恻隐之心，命人将他抬入宫中，让御医治好他身上的伤。持明感激王子的恩德，便把自己的随身宝物——双刃魔剑赠予他作为回报，还教给他魔剑的用法：只要手握宝剑，就可以腾云驾雾，想去哪就能去哪。持明再次谢过王子便匆匆离去。

王子得到魔剑非常高兴。为了试试剑的魔力，他立即盘膝坐下，把苹图玛迪公主放在自己膝盖上，然后手持宝剑，默想飞向北方游览雪山林中的奇山异峰。王子腾空而起，转眼飞越了银山、金

---

① 善见山：是佛教传说中的七金山之一。

山、水晶山和绵延五百由旬①高耸入云的七金山。璀璨夺目的山峰高低有致,大山峰约有一百座,此外还有约八万四千座星罗棋布的小山峰。山上镶满五光十色的明珠彩钻,闪烁着令人心迷神醉的炫人光彩。山上有因陀罗喜林园中五种如意树之一的劫波树,可使人们心想事成、事事如意;林中人头鸟身的紧那罗(男性)、紧那意(女性)载歌载舞,欢声笑语回响不绝;而各种各样的野兽,如象、犀牛和老虎等等也漫步林中,找寻食物。

沙穆阔王子带着苹图玛迪公主遨游空中,尽情游览雪山林中的神奇山峰。见有座风光美丽独特的山峰,他忙按下云头,落在山顶。王子为公主采集鲜花,采摘味道迥异的各色野果与公主愉快分享。他们跃入清澈的溪流中无所顾忌地嬉戏;他们兴致勃勃地在林中携手同游……夜幕降临时,他俩躲入山洞,过了难忘的一夜。

御花园里的仆从们久等王子、公主不回,忙四处搜寻,可到处不见他们的踪影,只好向悉哈诺拉库国王禀明实情。国王猜想王子是回婆罗姆布拉城看望父王母后了,便派人前去打探消息。

来使向云闼塔国王禀报:王子夫妇在御花园游玩时突然失踪,遍寻不遇,只好到这城里也找找。国王和王后忙让他们到城中各处寻找,可那两人还是踪影全无。国王伤心欲绝:"我最心爱的儿

---

① 由旬:长度单位,1由旬=1.6千米。

子！你怎么忍心抛下父王母后在世间忍受痛苦的煎熬？你知道你的离去将带给国家多大的灾难吗？我一旦撒手西去，谁来治理这个国家？儿子啊！这繁荣强大的国家不久就该慢慢衰落了，这多可悲啊！"

来使们只好回国，向悉哈诺拉库国王禀明云闳塔国王正为痛失爱子和爱媳而万分悲痛。悉哈诺拉库国王听后也止不住为女儿女婿的突然离去而悲伤。

两国国王都派出勇士到各地寻找沙穆阔王子夫妇，还派兵到偏远的密林中、山岗上长期驻扎，随时关注两人的下落。

沙穆阔王子和苹图玛迪公主在雪山林中快乐地生活了两个月，便径直朝盖拉沙峰上紧那罗们居住的素挽武里城飞去。看到成群的紧那罗、紧那意在城中熙熙攘攘地往来穿梭，有的还载歌载舞，十分精彩，王子便带着公主飞了下来，在素挽武里城中观光。

这件事很快被素挽武里城的国王吞玛叻（即"树王"）得知。他感到很疑惑：这个国家从没有凡人能踏入的！难道这人便是福泽深厚的沙穆阔王子吗？嗯，一定是他！

吞玛叻国王查明这个"不速之客"确实是沙穆阔王子，不禁大喜，立刻派人邀请王子夫妇来王宫做客。国王热情地拥抱、亲吻他，就像他是自己的亲人一般。国王高兴地说："这是一个充满欢乐的国度。它有牢不可破的城墙，也有灿烂耀眼的黄金。它只为前世广积善缘的人存在。你是凡人，却能进入这个国度，你定是身具能与这国度相匹配的祥瑞福泽。为此,朕愿意把国中财物分一半与你。"

沙穆阔王子谢绝了吞玛叻国王的一番好意,仅要求在素挽武里城中住上一个月。国王十分爽快地应允了。

在素挽武里城游足一个月,王子和公主便向国王辞行,朝阿努达池①飞去。

阿努达池中有七种水晶,闪着奇幻夺目的光芒,光艳不可方物;池边有供天神、隐修士、持明、佛祖、独觉佛和众罗汉起降的三个小码头。王子夫妇沉醉于阿努达池畔的美丽风光,不知不觉又消磨了一个月,这才飞往另一个仙池——差滩池②。

差滩池周长约一百由旬;池中没有任何水生植物;池边环绕着六座山峰,即银山、金山、宝石山、深蓝色的安参山、橙黄色的鸡冠石山和紫水晶山。

来到差滩池,沙穆阔王子和苹图玛迪公主都十分高兴。

……

这天,王子夫妇飞至一处,见有个金坛,高约十四索③,长宽各三十索,坛基全部是紫水晶。金坛就立在此地的中心,看起来非常辉煌壮观。金坛附近有两个水池,一个盛满清澈的泉水,另一个则

---

① 阿努达池:传说中七大仙池之一,据说即我国天山的天池。
② 差滩池:雪山七大仙池之一。
③ 十四索:约合7米。

盛满了馥郁的香水。如此冷清的地方为什么会有金坛和水池呢？原来，这是持明造的。持明以前常到清水池中洗澡，洗完澡后便跃入香水池中熏身，金坛则是他洗过澡后的休息之所。王子夫妇飞了下来，想休息片刻再回去。他们玩够了，就跳到水池里洗澡，熏完身后便疲惫地躺倒在金坛上沉沉睡去。

一位持明正在天上飞翔，低头见到金坛上熟睡的王子夫妇，便按下云头，悄悄靠近。他发现了王子的魔剑，蹑手蹑脚地走过去取走宝剑，便腾空离去。

王子夫妇醒后找不着魔剑，心下大惊。他们焦急地在四处寻找，可宝剑竟已无影无踪！他们相对而泣、后悔不迭。失去这宝物，他们可就永远飞不回去了！只能徒步穿越山林，一路披荆斩棘……雪山林离凡间是那么遥远！区区一个凡人，还是从小养尊处优惯了的凡人，怎么可能徒步穿越它呢！公主满腹委屈，认定自己会活活饿死在半路上。沙穆阔王子只好不停地安慰她，让她咬紧牙关振作起来。等公主的情绪有所缓和，他俩便一心一意地上路了。

不久，他们来到一条宽阔的大河边。公主问道："我们现在该往哪走？"

"游过这条河到对岸去！"王子说。

说完他便拉着公主走到河边。这时河面上突然漂来一段木棉树干。王子大喜，忙跃入水中，把树干拖到岸边，然后和公主一起

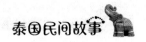

抱住树干,用脚使劲拍打着水,朝河对岸笔直游去。

他们游到河中央时,不幸刮起了猛烈的狂风。瞬时天昏地暗,狂风的呼啸声不绝于耳。河水不断掀起巨浪,浪头互相撞击,碎成一片片白沫。湍急的水流竟使王子夫妇紧抱的树干从中间断成了两截!他俩一人抱着一截断木随浪头沉浮,朝两个不同方向漂走了。

直到夜晚来临,这场可怕的风暴也没能停息。

……

苹图玛迪公主紧抱断木,在水中艰难地熬了一夜,终于瘫在断木上失去了知觉。所幸她福泽深厚,浪头竟把她连同断木一起推上了对岸的河滩。

第二天清晨,公主醒来看不见丈夫,十分悲伤。她挣扎着在河岸边寻找自己的丈夫,直到精疲力竭、瘫倒在地。公主失声痛哭,再次昏迷。不知过了多久,她才幽幽醒转。公主挣扎着解下衣裙,在河边晾干,把身上的饰物摘下用布包起来,然后,她循着大象的足印往前走,一直走到玛它叻城。公主强打精神,跟跟跄跄地踱入城中。

一位女官发现公主举止不同,便上前盘问。公主告知自己发生的一切,女官非常同情她,便热情邀她到自己家中做客。公主在女官家里吃了顿饱饭,这才觉得沿途的疲劳感略有消退。

第二天一早,公主褪下手指上一枚价值连城的钻戒,请那位女官帮她变卖。女官向城中一个大富翁兜售戒指。那位富翁只看了一眼，就明白这是枚无价之宝，忙问卖价。女官答道："这枚戒指十分贵重，它的价值根本无法用金钱衡量，可是它的主人仅仅要价五牛车黄金。"

富翁一口答应。他收好戒指，便命人装了五牛车黄金，依言送到女官家中。

苹图玛迪公主收到黄金后，用这些黄金替城中的奴隶们赎了身，还建造了美丽的宫殿和供路人、沙门和婆罗门休息的亭子。她命匠人在亭子的檐角绘上她和沙穆阔王子的故事：从神庙大婚到金坛沉睡，从河中遇险到顺水漂流……公主还命专人在亭中为沙门和婆罗门端茶送饭，命他们随时注意那些观赏檐角图画的人，一旦有人举止有异，便马上向她禀报。

话说沙穆阔王子被浪头卷走后，不久就漂到茫茫的大海中，不得不使出浑身解数与汹涌的波涛搏击，如此过了七天。

第八天，他遇见了护海女神玛尼玫卡。女神刚从神仙会上归来，在海面上例行巡视。见到正在海浪中苦苦挣扎的沙穆阔王子，吃了一惊，赶忙去向众神之首因陀罗大帝禀告。

因陀罗大帝得知后非常焦急，连声责怪护海女神失职，致使这位有德之人受苦，命女神即刻前去搭救王子。

护海女神跪禀道："这一切均因一位持明偷走了王子的魔剑，使他无法腾云驾雾，这才不得不遭受种种灾难。"

接着她向因陀罗大帝禀明事情的来龙去脉。

因陀罗大帝怒极而起,手持金刚棒腾空离去,眨眼间就飞到了那位持明头顶上空:"该死的贼!你为什么要偷沙穆阔王子的魔剑?你害得一位有德之人流落海上吃尽了苦头!我命你速速归还魔剑!否则,我就把你的脑袋劈成七块!"

那位持明十分害怕,赶紧把双刃剑还给了还在海中挣扎的王子。见持明遵命归还了魔剑,因陀罗大帝便原谅了他,返回天宫去了。

沙穆阔王子拿到魔剑后立即从海上腾空而起,飞往玛它呦城。他想到城中稍事休息,填饱肚子后再去寻找苹图玛迪公主,他预感公主就在这个城里。王子摘下身上华丽的饰物,用布包好藏了起来,然后扮成一位婆罗门,到城中寻找住处。经城里百姓指点,他来到苹图玛迪公主建的亭子里。亭里立时有人出来迎接并给他端茶送饭,服侍得十分周到。王子用过饭后闲来无事,便观赏起亭子檐角上的画来。他发现画中的故事很像自己和公主的经历,忍不住掉下了眼泪,而后却突然喜笑颜开。守亭人见他举止怪异,忙奔去向公主禀报。

公主匆匆赶来,见眼前确实是自己日思夜想的丈夫,不禁心花怒放。她紧紧搂住沙穆阔王子,喃喃地说:

"殿下啊!自从我们分离,妾身就没快乐过一天。定是前世积了德,上天才让妾身得以再见殿下一面。现在我不必再伤心难过了！咱们回宫吧！"

沙穆阔王子也非常高兴，便随公主一起前往新建的宫殿。

王子夫妇在豪华的宫殿里住了几天，便召来当地所有婆罗门，把亭子、宫殿、男女奴隶和卖戒指所得的黄金悉数赠予他们。之后，王子便带着公主腾空而起，朝兰玛布拉城方向飞去。第二天便飞抵御花园，仍住在原先的宫殿里。

御花园的看守见王子夫妇归来，心中又惊又喜，赶忙去向悉哈诺拉库国王报喜。老国王真是喜出望外，拉上王后直奔御花园。见到日夜牵挂的女儿女婿平安回来，国王王后欣喜异常，紧紧搂住他们，询问这些日子的遭遇。王子夫妇便把两人的遭遇原原本本地告诉他们。国王心中宽慰，忙命人把王子归来的好消息禀报婆罗姆布拉城的云阆塔国王。

几天后，悉哈诺拉库国王下诏全城装饰一新，准备为沙穆阔王子举行登基大典，让王子接替自己来统治兰玛布拉城。全城举行了盛大的宴会，人们载歌载舞，向新登基的沙穆阔王表示庆贺。

传位大典结束后，老国王悄悄离开自己的国家，隐居密林做了隐修士，不久便修成经禅定进入无欲境界，具有神通力，能腾云驾雾的萨玛巴禅。老国王驾崩后升入了梵天界。

云阆塔国王得知悉哈诺拉库国王传位给儿子后便出了家，自己也顿生出家之念。于是，他召回沙穆阔王，把自己的王位也传给了他。随后，他也做了隐修士，也修成了萨玛巴禅，驾崩之后也同

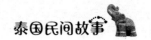

样升入了梵天界。

沙穆阔王统治着两个国家,他尽心尽力,使两国百姓都过上了幸福的生活。他设立救济院,为两国的穷苦百姓谋福利;他教导人民遵法守戒……在他的治理下,国家越来越安定富强。

凡真诚对待天下苍生的善良人,他所种下的德泽都会助他脱离苦海,最终得到幸福。沙穆阔王子和苹图玛迪公主不就是典型的例子吗? 因此,我们应该多行善事、抑制恶念,这对人对己都有好处。

利　　城

现在的利县，历史上曾是一个古城的所在地。当时，统治黄金半岛的是拉瓦族山民，他们建的利城非常繁荣，人口众多。

利城的城主下令所有的居民在城边种竹子，而且每个人必须负责维护自己种的竹子。没过多久，竹子就长大了，枝繁叶茂，密不透风，连动物都钻不过去，竹林城墙，成为利城城主和百姓们的一大骄傲。

随着时间的推移，利城繁荣的消息传到了别国。各国的城主纷纷出兵，攻打利城，但都没有成功。

利城的竹林茂密异常，竹刺又长又多，仿佛一面坚固的城墙，就是象军马队也冲不过来。

利城竹墙的事很快传遍了各地，各国城主纷纷寻找攻取利城的计策。

不久，又有一国城主派兵包围了利城，但还是没能打进去。

后来，该国的居民听到一些传说，说利城是个圣地，要攻破它必须用金、银做的子弹。于是国王下令将金、银熔化，做成子弹，射进竹林，可子弹都打光了，城也没攻下来，最后只好撤兵。

敌人撤走后，利城的居民和士兵见竹林里到处都是金、银做的子弹，都跑过去捡，可林里竹刺密布，没法走路，士兵和居民就用刀砍竹子，把竹子砍光了，最后把所有的子弹都捡走了。

不久，上次用金、银子弹进攻的那个国家又发兵包围了利城，利城军民奋力抵抗，可这一次，没能挡住敌人的军队。因为所有的竹子都被砍伐一空，敌人用火一烧，原来坚固的城墙就踪影皆无了。

敌国城主见时机已到，便派兵打入利城，曾经坚不可摧的利城，这次一败涂地。

从此，这个一度强大而繁荣的城市，就从历史上消失了，今天我们所能见到的只是一片废墟。

帕罗的故事

很久以前,大概是阿瑜陀耶王朝初期,北方的颂国有一位国王名叫门松,王后文乐生有一个王子取名帕罗。

颂国的南边是松国,国王丕姆皮沙坤有一个儿子叫丕才皮沙奴功,长大成人后,娶了达拉瓦迪为王妃,生了一对双胞胎女儿取名帕蓬、帕萍。

又过了数年,颂国为了扩展势力,发兵攻打松国。国王丕姆皮沙坤亲自挂帅骑象迎敌,腥风血雨中,不幸被颂国国王门松击毙。手下士兵见主帅丧命,急忙保护着国王尸体,逃进城去。

门松见对方国王已死于自己手下,心中喜不自胜,他并不急于立即攻城,就收兵回朝了。

松国失了国王,急忙扶王子丕才皮沙奴功即位。新王登极之后,为防颂国再次来犯,加固城池,严加防备。同时,又把两个心爱的女儿帕蓬、帕萍送到庶祖母身边抚养。

颂国王子帕罗长大成人之后,父王为他娶了妻子索瓦拉。不久,国王门松去世,帕罗便继承了王位。

帕罗是一位俊美绝伦的男子,可以说人见人爱。人们甚至把他的美编成曲子到处传唱。那曲儿中说道:

难道是因陀罗神下界,

使凡人得睹神的容光?

且看他风度翩翩,潇洒倜傥,

好个风流样!

三界生灵,谁与匹敌,

人见人着迷。

中秋之月,盈盈皎洁,

帕罗面如斯。

眉如弯弓,

眼似鹿眸,

颊若金果,

耳如莲瓣,

鼻胜爱神之情钩。

……

臂若象鼻,

英姿如狮。

……

帕罗俊逸，

遐迩咸知。

人皆爱慕，

徒劳相思。

少女少男，

如醉如痴。

千呼万唤，

焉得相识？

这曲儿传到松国，帕蓬、帕萍听了，不免心旌摇荡。终至日思夜想、茶饭不思。两个贴身婢女仁、瑞不明原因，眼看着两位公主日渐憔悴，心急如焚，再三追问，帕蓬、帕萍才娇羞带嗔地说："你们俩耳朵聋了吗？没听见全城都在传唱着什么曲儿？"仁、瑞一听，当下明白，说："这有何难？包在我俩身上！"

仁、瑞商量以后，当即去找了一帮艺人，教他们速到颂国，传唱公主帕蓬、帕萍之美貌，随后又到深山拜求最有名的法师沙明伯，请他帮忙施展法术引帕罗来会公主。开始沙明伯不肯应允，可是经不住两位伶牙俐齿的婢女再三恳求，最后还是答应下来。

帕罗听了松国艺人唱的曲子，已对二位公主倾慕不已。加上法师沙明伯频频作法，帕罗便一心只想早日见到帕蓬、帕萍。他不顾母后的规劝，带上一支人马，就向松国进发了。

走到半路,遇到一条河,叫作伽龙河。帕罗下河沐浴时,心中暗卜一卦:"此番去到敌国,若是大吉,则河水顺流;若是凶险,则河水逆转。"说完,一股水流竟然变了红色,并溯流而上。帕罗当即明白此去必是大凶了。他思忖再三,觉得身为国王不能出尔反尔,况且,见不到心仪的公主,死也不会心甘。最后毅然决定冒死前往。

为了不引人注目,快到两国边界时,帕罗屏退了大队随从,只带两个贴身侍卫乃盖、乃宽,化装成婆罗门教士进入松国。

法师沙明伯点化了一只美丽无比的野雉,出现在帕罗面前,引帕罗捕捉。帕罗追呀追呀,最后就来到公主的御花园。

仁、瑞二人来到花园中。见乃盖、乃宽正在池中洗澡,几经询问,知是帕罗侍卫,便央求他们去请帕罗到公主内宫相会。

当帕罗出现在帕蓬、帕萍面前的时候。双方全都惊呆了!他们都以为面前的人儿是天神下界。这世间哪有如此俊美之人呢?此时,一切话语都成了多余。他们相爱了!

不出几日,帕罗与二位公主幽会之事就被公主的父亲丕才皮沙奴功国王知晓。开始,国王十分恼怒。可当他气冲冲来到公主寝宫,准备兴师问罪之时,一见帕罗,竟也顷刻怒气全消:多么英俊、飘逸潇洒、气宇轩昂的年轻国王啊!难得他肯冒死前来与女儿相会,他们既然如此匹配,又相爱至深,成全了他们,两国从此也就化敌为友了。想到这里,国王也就应允了婚事。

再说公主的庶祖母,见孙女多日不来陪她,派人去打听,才知道原来是因为杀夫仇敌之子帕罗来到。庶祖母心中多年的仇恨加上帕罗夺去孙女之爱的妒忌,使她一下子失去理智,变得疯狂了!她调遣自己宫中的卫兵,立刻去包围了公主的寝宫,命令士兵们对帕罗格杀勿论。面对敌人的层层包围,帕罗与乃宽、乃盖奋力反击,但终因寡不敌众,全身中箭无数。可他仍像猛虎般扑向敌人,把敌兵杀得死伤累累。这时的帕蓬、帕萍二位公主也勇敢地护卫在帕罗身边,以自己的躯体为他抵挡射来的飞箭。最后,遍体鳞伤的帕罗挺立中央,拥偎着两个心爱的公主,像一组感人的雕塑般含笑而死。

待到国王匆匆赶来,这场惨烈的血战已经结束。他再也唤不回心爱的女儿和帕罗了!

国王气愤地惩处了他凶残的庶母。又修书给帕罗的母后,希望两国结束世仇,从此修好,并以最隆重的葬礼,安葬帕罗和帕蓬、帕萍。

葬礼举行的那天,从松国到颂国的道路两旁,站满了送葬的百姓。两国臣民无不哀伤、惋惜至极。那情景,真是天若有情天亦悲!

玛伽托和玛瑙贝壳

从前，有一个男孩儿叫玛伽托，是个孤儿。他从小死了父母，没有兄弟姐妹，也没有亲戚，只好自己养活自己。他什么活都干，比如当搬运工、开荒、砍柴、喂猪……他干活从不偷懒，也不嫌工钱少，因为他知道，不干活就得挨饿。他勤劳能干、通情达理，一天到晚，总是高高兴兴，所以无论他到哪儿干活，主人都很喜欢他。

一天傍晚，玛伽托劈完一大堆柴火，坐下来休息，心里盘算着自己将要干什么，他想去一个遥远的地方碰碰运气。

"你在想什么，孩子，想得这样出神?"主人问他。

"我想出去闯闯。"玛伽托指着北方说，"听说那边的土地肥沃，人也热情善良，我想亲眼看看那个地方。"他激动地说着，兴奋得两眼闪闪发光。

"那地方叫素可泰。"主人说，"听说素可泰的帕銮国王心地慈善，如果你能到那儿去，或许能交上好运。"

又过了些日子，玛伽托毅然离开了自己的家乡，走向广阔的世界。旅途上,他尽情地欣赏新奇的景色,心情格外舒畅。这样走了一个月,他来到了素可泰国边境的一个小村子。

"请给点水喝行吗?"玛伽托问一位头顶水罐的老妇人,"我渴得厉害。"

"你从哪儿来? 怎么一个人在这儿? 看样子,你好像走了很长的路。"老妇人说着,把罐里的冷水倒在一只小碗里递给玛伽托。

"谢谢您。"玛伽托说。

"你的家在哪儿? 父母是谁?"老妇人问。

"我是从孟国来的。我的父母已经去世了。"玛伽托回答。

"天哪,你真是从孟国来的吗? 你这么小,怎么能从那么远的地方一个人走到这儿来呢?"

"我想见见素可泰的帕銮国王。"玛伽托说,"听说他是个心地非常善良的国王。"

"你真是个有决心的孩子!"老妇人说,"跟我来吧,孩子。也许有一天你真能见到帕銮国王呢!"

玛伽托高兴地跟在她后面,心里想:只要给这位好心的老人干活,就会有地方住,有饭吃。总有一天,会幸运地见到国王。

这位老妇人的丈夫是替国王驾驭大象的驭手,驯养着国王的几百头大象。玛伽托帮助老驭手照料大象,打扫象棚。他干活儿又勤快又利索,老驭手和老伴儿都非常喜欢他。

一天,玛伽托正在象棚里干活,一个衣着华丽、身材高大的年轻人走了进来,后面跟着一群随从。这正是帕銮国王,玛伽托立刻双手合十,向国王致敬。他的心在剧烈地跳着。

国王问:"这孩子是从哪儿来的?"

"他是从孟国一路步行来的。"老驭手回答,"陛下,他听了许多关于您的传说,渴望能见到您。"

"他几岁了?"

"十三岁,陛下。"

"是个优秀、勤劳的孩子。"国王说,"你应该好好照看他。"国王走出去的时候,玛伽托看见一枚小小的玛瑙贝壳掉在地上。他跑过去拾起来,交给国王,国王微笑着说:"你留下吧。"

"我真幸运!"玛伽托想,"国王赐给我一枚玛瑙贝!"

当时,素可泰人把这种玛瑙贝当钱。虽然一枚小玛瑙贝的价值并不大,但是玛伽托却把它当作最珍贵的东西,因为这是国王赐给他的。他想了很久,怎样才能使这枚玛瑙贝为自己挣来更多的钱。

有一天,玛伽托经过市场上的一个货摊。这个货摊是卖种子的。他仔细地打量摊子,目光落在一只装满莴苣种子的篮子上,他心想:莴苣! 我可以种这种菜! 他询问摆货摊的和蔼的女主人:"我可以买一些莴苣种子吗?"

"当然可以,我的孩子,你要买多少?"女摊主说。

"一个玛瑙贝!"

“一个玛瑙贝!”女老板笑起来,“这可买不了什么东西,我没法给你称,不知道该给你多少。”

“这样吧。”玛伽托急切地说,“我把手指插到种子堆里,再把手指抽出来,指头上沾多少种子,你就给我多少。”

“这倒也是个办法。”女摊主说,“就这么办吧,孩子,祝你好运。”

玛伽托把玛瑙贝壳给了女摊主。就把手指放在嘴里吮湿,然后插到种子堆里。手指抽出来时,指头上沾满了种子。他小心地把手指上的种子刮到掌心里,紧紧地攥住,高高兴兴地走了。

玛伽托回去后,立即松土下种,然后每天浇水,过了不久,种子就发了芽。他辛勤地松土、浇灌、移栽幼苗,日复一日。终于,菜园里长满了莴苣。他感到无比自豪,因为他的辛勤劳动有了收获。

他想:我要把最好的莴苣献给国王。

一天,国王又一次经过象棚,玛伽托找了个机会跪在国王面前,献上一个最大的莴苣。

“你是从哪儿弄来的?”国王奇怪地问。

“是我用您赏赐的那枚玛瑙贝换了种子亲手种出来的,陛下。”玛伽托喜滋滋地说。

玛伽托把事情的经过告诉了国王,国王很感动。为了奖励玛伽托,国王在宫里给他安排了一个职位。

许多年以后,玛伽托长成一个仪表堂堂的男子汉。由于他忠

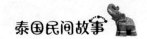

心耿耿地为国王服务,国王对他宠信有加,后来获封爵位"昆"。他还娶了国王的一位美丽的公主,最终成为王位的继承人。

贺工头人

古时候,在曼谷这个地方还没有像今天这么多到处乱窜的狗,而盛色区也还没有这么多咬得人直叫"好疼"的蚊子。关于曼谷狗多和盛色区蚊子多的原因,有一个古老的传说。

当时,盛色头人来探访曼谷的贺工头人。贺工头人热情地接待了他,两人海阔天空地聊了很久。盛色头人提出:"好久没见面了,比比沙卡怎么样,咱们好好乐一回。"

贺工头人沉思了一会儿,答道:"沙卡在以前是赌博,已经有很多人为它而身败名裂,倾家荡产了。"

盛色头人说:"但咱们只是娱乐娱乐罢了。"

"娱乐性的游戏多少得赌一点才有趣。如果不多少赌一点儿就不刺激了,还不如聊天呢。"

盛色头人见贺工头人那样推诿,有点不太高兴,心想:得用激将法才能让他同意玩沙卡。于是说:"你这么说恐怕是因为你的本事不行吧。你别以为我看不出来,不如直截了当地承认你不敢跟我玩,或者是想要我让你吧。"

贺工头人一听就火了,心想这盛色头人真太瞧不起人了,于是答道:"不用你让我!咱们就来比两盘,试试到底谁比谁更行。"

"要玩得开心,就应该赌点什么才有滋味。"盛色头人说。

"该拿什么下注呢,赌钱? 那也太俗气了。咱们都是头人,那样做的话,手下的人会议论我们的。"

"那就别赌钱。"盛色头人提议,"我们不赌什么钱财,但规矩是,输了的应该根据赢家提出的要求,让出一样东西。同时,输家还必须接受并保存一样赢家赠给的东西。这规矩你同意吗?"

贺工头人正在气头上,想也没想就同意了。两人开始赌起沙卡来。结果是贺工头人两盘都赢了。贺工头人盘算:"要送给盛色头人的应该是一种搅得盛色人苦不堪言的东西,还是送一些蚊子让盛色头人去养吧! 至于我想跟他要的呢,应该是狗。因为曼谷的盗贼太多了,曼谷人为这事儿很烦恼,有了狗就可以帮他们看家了。"

贺工头人认定这样将对本地人有利后,就告诉了盛色头人。盛色头人得知他得带蚊子回去养,一下伤心得背过气去,幸亏贺工头人帮忙才恢复过来。贺工头人把蚊子送到盛色去,又从盛色接了狗到曼谷来养。

因此,现在盛色到处都是蚊子,而曼谷则到处都是狗。

善　行　是　金

有一个叫阿本的穷汉在田里给地主犁地。犁着犁着,看见一个化缘的和尚从田头经过。阿本身边除了一个盛水的竹筒和一把牙刷以外什么都没有。他就把那竹筒和牙刷施舍给了和尚。

和尚继续往前走,路上刚巧碰见阿本的老婆挑着饭食给阿本送去,阿本老婆可怜和尚行路辛苦,就把饭食施舍给和尚吃了。待和尚吃完,她又急急赶回家去重新煮饭给丈夫吃。饭煮好了,匆匆忙忙往田里赶,心中生怕丈夫怪罪她送得这么晚。

到了田里,阿本老婆一边给丈夫盛饭,一边说了刚才施舍饭菜给和尚的事。阿本一点儿也不生气,还告诉老婆他也把竹筒、牙刷施舍给了和尚。夫妻二人坐在田头一边说话一边看着地里刚翻过的土地。忽然,那一地的土块竟都变成了黄金!连犁头上的碎土都成了碎金子。阿本惊呆了!心想:这是财主的田地,得赶紧去告诉财主来收金子。

财主立刻赶着五百辆牛车到田里来装黄金。待到把五百辆车

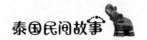

的金子倒在财主家院子里之后,却又变成了一堆堆的黄土,哪里还是什么黄金?财主只好又叫人再把五百辆车的黄土拉回田里去。可那黄土一倒在阿本脚下,立刻又变作了黄金!

　　财主明白:这是阿本夫妇的福分,自己消受不得。阿本夫妇从此成了富翁。

孝 子

有兄弟二人,哥哥娶了富翁的女儿,弟弟娶了穷人的女儿。一天,父亲饥饿难耐,来找大儿子,嚷道:"儿呀,你在哪儿?"大儿子假装没听见。父亲又去找小儿子,说肚子饿。小儿子家徒四壁,只剩一丁点儿米,拿出来煮给父亲吃。没多久,父亲又说:"儿呀,爹快不行了,把父亲扛到山上的坟地里去。无论看到有什么停在父亲的棺材上,都把它抓住,带回家来。"于是弟弟扛着父亲来到坟地里,果真看见一只山雀停在爹的棺材上,正想去抓,鸟儿却飞过来停在他的肩上。回过头一看,父亲已经死了。小儿子安葬好父亲后便回到家中。随着回来的山雀是只神鸟,每啼一声,便会有块银子掉下来,弟弟的日子逐渐好起来。而哥哥的日子却日见窘迫,便来向弟弟借山雀一用。哪知山雀来到哥哥家,叫一声,大梁塌了下来;叫第二声,屋顶穿了个大窟窿;叫第三声,屋子倒塌了。哥哥气极了,把山雀沤到粪坑里。弟弟前来向哥哥讨回山雀,哥哥说沤在粪坑里呢。弟弟找回山雀的骨头做成梳子,梳着梳着便富裕起来。哥哥又来借梳子，没梳几下，头发全掉光了，就把梳子丢了。弟弟把梳子的残骸挖了出来，做成牙签。哥哥又借了去，没剔几下，牙齿全掉光了。

　　这就是不孝顺父母的下场：房子塌了，头秃了，牙掉光了。

两 个 儿 媳

从前,有一个四口之家:父亲、母亲和两个儿子,全家起早贪黑,辛勤耕作,慢慢地积累了一些钱,就租了一块地种蔬菜。

在他们的精心侍弄下,蔬菜长得又嫩又好,每天都有不少菜贩子来采购,然后进城再卖。这样不几年,全家就积攒了一笔钱,于是他们就买了鸡、鸭等来养,把园中的菜叶给它们吃,这样就能避免浪费。

活越来越多,他们就雇了两个雇工,赚的钱也越来越多,最终把菜园也买了下来,此外又买了几块地方,种了几百棵青蜜柑和桂圆树。

一天,两位老人想到了后事,担心死后如果儿子不会持家,会把全家的心血都白白浪费。两人心事重重,不知把财产留给谁才好。老大娘终于想出了一个办法,老大爷听后也十分赞成。当天,老人就把一小部分财产分给了两个儿子一人一半,又替儿子娶了邻居的两个女儿为妻,让他们各自生活。

儿子成亲后,老大娘常常去两个儿子家,同时注意观察儿媳是如何持家的。一天,老大娘来到儿子家,给了每位儿媳一包针,大儿媳顺手把针放在了梳妆台上,小儿媳却把针放在一个小瓶子中,又把瓶子小心地收好。

又一天,老大娘给每位儿媳拿了一竹篓甜罗望子,让她们帮忙把籽剥出来,剥完后,小儿媳把籽都种到了篱笆处,大儿媳却把籽全给扔了。

不久,老大娘又把园中的槟榔给每位儿媳一串,让她们给切成片。切的过程中,大儿媳一直嚼个不停,为了不让婆婆知道,给婆婆送槟榔的时候她还把嘴擦得干干净净。小儿媳把槟榔切完后,就送给婆婆,去的时候嘴里还嚼着槟榔,婆婆发现小儿媳的槟榔比大儿媳的多出不少。婆婆十分不解,就问道:"你的槟榔为什么比没嚼着的人的还多,你嚼的槟榔哪儿来的?"小儿媳答道:"我嚼的是削掉的那些啊。"

几个月过去了,婆婆又来找两个儿媳,这次她穿了一件破衣服,让儿媳给补一补,但是大儿媳找不到针,婆婆只好去找小儿媳。婆婆见小儿媳的针一枚不少,就故意问道:"孩子呀,你从哪儿拿来这么多针啊?"儿媳答道:"就是您上次给我们的那些啊。"婆婆听后,陷入了沉思。

几天后,婆婆又到了大儿媳家,说:"我饿得很,你有什么吃的吗?"大儿媳让婆婆在家里等着,自己到集市上买了好多好吃的,还有各式各样的点心。婆婆吃饱后,什么也没说就走了。两三天后,婆婆又来到小儿媳家,也说饿了要吃东西,小儿媳马上做了椰丝米团和烤鱼,还在里面放了些很嫩的罗望子叶,婆婆问道:"你从哪儿摘的叶子?怎么这么嫩啊?"小儿媳答道:"是您让我们剥的罗望子籽啊。""那怎么会有叶子呢?""我把它们种下去,长大了就是篱笆,您看,现在都长成行啦。"婆婆向外望去,果然,一排小罗望子树长得郁郁葱葱。

就在婆婆出神的时候,小儿媳又端来了粉蕉煮熟后掺上椰子、糖和盐做成的甜点心,让婆婆先吃着,因为还有好几样菜没有熟。饭全好了以后,婆婆高高兴兴地吃了起来。

回家以后,婆婆把所有的事情都讲给老大爷听,老大爷也认为小儿媳是一个值得托付财产的人,于是老人就把所有的财产都交给了小儿子和小儿媳,由他们操持家务。

点　金　术

古时候，人们迷信点金术。以为只要找到仙水，用仙水不断地点洒，就能使红铜变成金子。

有一个男人，家境还算富有。自从娶了一个门当户对的媳妇之后，就开始不务正业，一心只想找到点铜成金的诀窍，听谁说有什么配制仙水的秘方，就去求来试验，然而却百试不灵。几年过去了，红铜还是红铜，可家中的钱财却越来越少，因为他除了"点金"，什么都不做，家里只有消耗没有收入。

他的妻子是个明辨是非又懂得持家之道的女人。对丈夫沉迷于点金术十分不满。也不知劝了多少回，丈夫就是不听，妇人束手无策，整日长吁短叹。

一天，妇人回到娘家，向父亲诉说自己的苦闷，希望父亲劝劝丈夫，心想：说不定丈夫能听得进岳父的话，痛改前非呢！

父亲听了女儿的诉说，二话没讲，就叫人去把女婿请了来。女婿进了家，丈人问："你的点金术学得怎么样了？听说你折腾好几年了嘛！"

女婿说："咳！别提了。试过的秘方不下几十种了，还是不成功。哪一种也不灵验。"

丈人说："谁叫你舍近求远只顾去试别人的秘方呢！要是早来问我一声，何至于落到今天这个地步！你也许觉得我并不精于此道，可是，你哪里知道，我的点金术比谁都灵啊！我用的仙水，只需点上一下，红铜立刻成金，如今我老了，没有力气再做下去了。要是还像从前年轻力壮，不知道能点化出多少金子来呢！"

女婿见丈人似有传授之意，立刻洗耳恭听。一边听还一边挪动身子，趋近丈人身边，双手合十，毕恭毕敬地拜了一拜，求丈人把秘方告诉自己。丈人说："这秘方不是轻易就能学得到的，必须要吃得了苦、耐得住劳。"女婿急忙说："只要能学到手，多苦多累我也心甘情愿。"

丈人见他决心已定，就解释道："我这方子所需要的东西别的都全了，只差一样，虽不是件稀罕东西，但要花些气力、有大耐性才能得到。那就是芭蕉叶子上的霜粉。要两斤重呢！而且从别人那儿买来的还不行，必须是自己亲手所种、亲手收集。种的时候和浇水的时候都要念着我告诉你的咒语才能灵验。要想快点儿刮到两斤霜粉，就得多多地种芭蕉。开始的本钱你不用发愁，我给你补足就是了。"

女婿听完，高兴极了。从丈人家回来，就跟妻子商议种芭蕉的事,说是只有这个办法才能实现他的点铜成金的美梦。妻子高兴地答应了。他们立即去找雇工开垦荒地栽种芭蕉。头一年下来,就收获了好几百斤。丈夫一门心思地从蕉叶上刮那薄薄的一层霜粉,把积攒下来的霜粉称了又称,只盼着快些攒够两斤重。妻子却不理会这些,整日里忙着收摘芭蕉,拿去卖或者加工晾晒,有时候也卖芭蕉叶。丈夫性子急,看看霜粉还差很多,就又扩大蕉园。这样三年下来,他们竟有了一百莱①芭蕉园。家门前的码头也成了热闹的贩运芭蕉的商港。他们一家从此名声大噪,因为还从来没有过这么大的芭蕉园。

虽然家门前整日船来船往,生意兴隆,这女婿却从不过问,只是让自己的妻子去料理。他自己仍然埋头于念着咒语种芭蕉,然后就是刮那蕉叶上的霜粉。五年过去了,有一天,他又一次称量辛苦积攒的霜粉时,发现终于已经够了两斤! 那份高兴劲儿就甭提了! 他即刻包起这"宝贝",撒腿就往丈人家跑去。

丈人一见女婿包了足足两斤重的霜粉来,呵呵地笑着说:"这下我的孩子可就富裕了! 你们夫妻辛辛苦苦地干了五年,一定会得到足够的报酬。"女婿听了,心情格外激动,心想:成功在望了! 这回我一定会拿到那点铜成金的仙方! 他在那里等啊等啊,并不见丈人去取什么仙方来,而只是叫女儿回家去把卖芭蕉的钱全部

---

① 莱:一莱等于二亩四分地。

拿来，数一数一共多少。女婿呆呆地坐在那里，丈二和尚摸不着头脑。看着妻子把钱数完，说是总共两万铢。这时丈人开口了："看见了吧？这就是我那点铜成金的秘方。这两万铢钱，你要拿去买金子、买地、买象、买牛还不是随心所欲吗？比你在那里整日点红铜，盼着它们变成黄金，可强似百倍。你点了这么多年也不见成功，岂不是白白浪费掉了大好年华！"

丈人一番话，把女婿说得愣怔在那里，不知说什么好。因为他根本不知道种芭蕉竟然换来了这么一大笔钱，发了财自然高兴，可是受了丈人愚弄，心里也不免难平。丈人见女婿一言不发，又继续开导说："点铜成金是根本不可能的。金子的生成有它的自然规律，不是人力可以随意左右的。有良知的人，要由坏变好尚且需要长时间的教育培养，何况金石之物！你花了三年时间，煞费苦心地钻研点金术，结果是耗尽家财，一无所获！后来种芭蕉五年却得到两万铢巨资。如果从一开始就经营芭蕉园，如今少说也有四五万铢资财了！"

女婿幡然醒悟，羞愧于自己糊涂了三年，从此不再相信点金术的神话，而是兢兢业业地按照丈人的秘方经营他的芭蕉园，终于成了富甲一方的财主。后来，他请人用那两斤霜粉拌上米汤铸成一尊岳丈的头像，供奉在家里，以不忘岳父教诲之恩。

命　运

很久很久以前,有两个男子,一个叫阿普,一个叫阿文。两人从小在一起玩耍,非常要好。阿普比较懒惰,但是靠着父母家里衣食无缺,日子倒也过得不错;阿文很勤快,但家里比较贫穷。

有一天,两人一块儿去逛庙会,回来的路上,遇见个算命的先生。那时候的年轻人都喜欢找算命先生测测运势或看看自己能找到什么样的媳妇。阿文先测。算命先生看了他的掌纹,又问了生辰八字,在石板上加减乘除地算了半天,告诉他说:"你的命不大好,要一辈子受苦,没有享福的命。"

然后又给阿普看。看完掌纹、推了生辰八字之后,算命先生说:"你的命太好了!可以享用国王的华盖。"说完,算命先生就走了。

阿文想着自己会一辈子受苦,心里说不出的难受;阿普则心花怒放,想着自己生来有福,以后还能当上国王呢!

回到家里,两人都把今天遇到算命先生的事讲给家人听。阿文的父母和亲戚想着阿文这样命苦,都替他难过。阿普的父母、亲戚为阿普生来就有的好福气高兴坏了,于是大摆宴席庆祝了一番。

此后,阿文就不太敢去找阿普了,担心阿普会嫌弃他没有自知之明;而阿普也没有再去找阿文,因为害怕沾了他的晦运。

阿文因为担心自己日后生活会越来越穷,就拼命劳作,勤俭持家。父母去世后也没有娶妻,生怕自己的晦运会连累他人。这样年复一年,他的财富慢慢积累下来,终于成了当地富翁。即使这样,阿文仍然劳作不息,就因为担心算命人的预言有一天会成真。

而阿普呢,自信天生福大命大,越发不肯干活。父母也自恃儿子天生有福气,对阿文百般娇宠。只等着儿子享用国王华盖的那一天。可惜过了不久,阿普的父母都过世了。留下阿普一人,没了管束,越发花天酒地。阿普也不想娶妻成家,满脑子想着以后当了国王,后妃成群,强似现在娶个乡下妞儿。

这样过了好些年,阿普还是没有当上国王。家里父母留下的财产越来越少,直到有一天,钱粮散尽,只好卖房卖地。不久,换来的钱又被他挥霍殆尽,直到最后一笔钱也花光了,阿普才开始忧心忡忡,束手无策。这时候想去找阿文,也没脸开口,后悔当初不该瞧不起他,想来想去还是到外乡乞讨为生的好。

阿普在外乡四处乞讨,日晒雨淋,饥一顿饱一顿,受尽苦难。这天,他又顶着火烤一样的太阳走着,腹中饥肠辘辘。走了不一会儿就晕倒在路旁。行人匆匆,酷热难耐,没有一个肯停下来看看

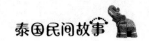

他。就在他气息奄奄的时候,恰好国王经过。前面开道的士兵看到一个倒在地上的乞丐,就走过去想赶快把他抬开。不想还是被国王看见了,国王心生怜悯,就叫士兵把自己的华盖移过去给乞丐遮遮毒辣的太阳。这时候,阿普突然睁开了眼睛,看到华盖正在自己头顶上,激动地大笑一声,气绝而亡。

国王一声叹息,无奈地叫人把阿普的尸体抬去掩埋了。

野　敖

　　在泰国南部边境的帕陀隆府有一个敖族人的村庄(敖族人又
称沙盖人,是马来半岛上的林居土著民)。村子里的小男孩儿卡
郎,是个孤儿。一天,卡郎去找伙伴儿阿竹,邀他一块儿去林子里
打鸟儿,顺便挖马铃薯、采果子。

　　两个孩子把泥丸儿做的子弹装进竹筒枪里,射中了许多只鸟
儿,就高高兴兴地在林子里点起篝火烤鸟儿吃。正当他们吃得津
津有味时,索普拉走了过来。索普拉是村子里有名的壮小伙儿,人
又勇敢又正直,他深深地爱恋着阿竹的姐姐兰哈。可最近村里的
另一个小伙子哈琼却捷足先登。兰哈父母已经答应把女儿嫁给哈
琼,索普拉为了这事儿十分苦闷。

　　两个孩子一见索普拉走来,就特别高兴,因为索普拉是他们心
中的偶像。他们希望从他那里学会吹矢[①]和捕兽的本领。索普拉

---

　　① 吹矢:敖人使用的一种武器,射杀力很强。

爽快地答应了,并马上耐心地教他们。休息的时候,索普拉试探着问阿竹:"你姐姐到底爱不爱哈琼? 如果我也爱你姐姐,你看她会选择谁?"

阿竹说:"是爹把她许配给哈琼的,她自己好像什么也没说。我也不喜欢哈琼。要是姐姐能嫁给你就太好了! 你还是我的师父呢!"

索普拉一听,特别高兴,就采了一大捧鲜花用原鸡叶包着,又加上一把虎爪草,托阿竹送给兰哈。虎爪草暗示自己爱慕兰哈,并决心与情敌决斗,原鸡叶暗示如果兰哈的父母反对,他将带兰哈私奔。

索普拉向兰哈表明了心迹,就去森林里寻找可以藏身的山洞,为私奔后的安置做准备。

兰哈收到索普拉给她的礼物,对其中的意思心知肚明。阿竹为了成全他们,就骗姐姐说:"森林里有一片地方开满了鲜花,美丽极了,明天我和卡郎带你去采花好吗?"

兰哈答应了。阿竹就赶紧去告诉了索普拉,约好在金花豆树下见面。

第二天清早,兰哈细心打扮了一番,戴上相思子手镯、鲜花耳坠儿,发髻上插一把弯弯的竹梳,手提竹篮,跟弟弟到森林里去了。

来到鲜花盛开的森林里,兰哈高兴地采了一朵又一朵花。索普拉躲在大树后,静静地看着她。忽然,一条毒蛇缠住了兰哈的胳膊，兰哈惊叫一声，昏死过去。索普拉一个箭步冲上去扯下那条毒蛇，奋力甩开，抱住兰哈，失声痛哭。过了一会儿，他发现兰哈身上并没有被蛇咬的痕迹，才想到兰哈原来只是惊厥昏迷，于是就想方设法，把兰哈救醒过来。兰哈睁开眼睛，知道是索普拉救了自己一命，心里十分感动。索普拉向兰哈倾诉了压在心中许久的爱慕之情，兰哈欣然接受。两人山盟海誓、互赠信物之后，才恋恋不舍地各自回家。

自从得到兰哈父母允婚之后，哈琼的父母就高高兴兴地准备操办婚礼，迎娶儿媳。

阿竹急忙跑去把消息告诉了索普拉。索普拉叫阿竹转告兰哈："准备私奔。但这些天千万不要暴露形迹，免得被人看出破绽。"

婚礼在一棵大树下举行，参加的人很多，新郎新娘都按照敖人的习俗打扮得漂漂亮亮，主持人是村里年纪最长的老人。当双方父母说完祝福的话，又教导了一番为夫为妻之道以后，仪式就算结束了。接下来就是唱歌、跳舞、饮宴，热热闹闹一直庆贺到黄昏。等到人们渐渐散去，兰哈的父母把兰哈托付给哈琼，也就回家去了。

索普拉的一帮好友，看看只剩下哈琼和兰哈两人，就悄悄地从后面靠近他们，瞄准哈琼投掷石子儿。哈琼气坏了！起身四处寻找伤害他的人。索普拉趁机拉了兰哈就走，把兰哈安置在了事先找好的山洞里。哈琼去追那些投石子儿的人，找到半夜，一个也没找到，这才想起不该丢下兰哈一个人。他急忙赶回原地，发现兰哈已没了踪影。寻到天亮，仍然没有结果，只好去告诉父母兄弟。哈琼发誓：就是死，也要把兰哈找回来！

哈琼找遍全村，发现索普拉也失踪了。索普拉的几个好友也都一夜未归，天亮才回家。哈琼明白：一定是索普拉带走了兰哈。哈琼日夜思念兰哈，以致病倒不起、神思恍惚。父母给他请了巫师驱鬼。又隔了几天，才慢慢清醒。哈琼要去寻找兰哈并找索普拉报仇雪耻。父母百般劝解都无法阻止他，只好叫他的两个兄弟陪他一起去了。

索普拉与兰哈躲在密林深处的山洞里。一天晚上，索普拉梦见自己被一头巨大的犀牛追逐着。他拼命地与犀牛搏斗，没想到又被一只老虎钳住了脖子，怎么挣扎也无济于事，直到被老虎咬死。醒来之后，把这场噩梦说给兰哈听，兰哈忧心忡忡，生怕是个不祥之兆。兰哈说："要是你真的死了，我也绝不会再活在世上！"索普拉十分感动。

天亮以后，索普拉要出去寻找食物。兰哈担心会出事，劝他不要去。可是索普拉却说："我生来就是天不怕地不怕，你不用为我担心。"

安慰了兰哈一番，索普拉还是走出了洞口。等到找够了食物，日头已经偏西。索普拉惦念着兰哈，心急火燎地往回返。走到半路,突然被哈琼截住。哈琼手握匕首,二话不说,就向索普拉刺去。索普拉猝不及防,一边自卫一边说:"你这个胆小鬼,趁人不备,使出这种卑鄙手段,有种的明着决斗!"

哈琼一听,脸腾地红了,就住了手,厉声喝问索普拉:"你把兰哈藏在哪里了?"

索普拉说:"是我带走了兰哈,因为兰哈爱的人是我。现在她已经是我的老婆了,你还是另找别的女人去吧!"

哈琼一听怒不可遏,举起匕首再次刺向索普拉。索普拉说:"既然我们都想得到兰哈,那么,今天就决一死战,谁胜了才有资格做兰哈的丈夫!"

兰哈在山洞里等着丈夫回来,一直等到太阳偏西还不见踪影,心里越想越发毛,就出了山洞,到处寻找。

哈琼的两个兄弟,在森林里转了一整天也找不见兰哈,正要往回走,却碰上哈琼与索普拉在路上决斗。看见他们双方都已受伤,哈琼的哥哥担心哈琼吃亏,就忍不住从旁射出一支有毒的吹矢,嗖的一声,正中索普拉右眼。

索普拉疼痛难忍,趔趔趄趄地逃往密林深处,没走几步,便晕倒在地。恰好这时兰哈赶来,兰哈一把抱住丈夫,急问发生了什么事。索普拉说:"我跟哈琼决斗,被他们用暗矢射伤。看来我是活不成了。我死后你就嫁给哈琼吧,他也是真心爱你的。有他照料你,我就放心了。"

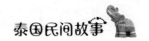

　　兰哈悲痛欲绝,只说出了一句话:"我随你一起走!"便趁丈夫不备,一把夺过他手中的匕首,猛地刺向自己咽喉,登时气绝身亡。索普拉随即也因毒发而死。

　　追过来的哈琼,亲眼看到这悲壮的一幕,又听到索普拉大度的临终叮嘱以及兰哈生死相随的一片痴情,深深懊悔自己不该一手酿成这场悲剧。他想:假如自己活下去,一生都将逃不脱自责的阴影,于是也挥起匕首刺向自己的胸膛,倒在了他们二人身边。

　　哈琼的两兄弟惊得目瞪口呆,急忙赶回去向家里人报信儿,三方父母都悲痛万分。等到料理完丧事,村民们就依照习俗,准备迁徙到别处居住,因为他们认为这里发生这种悲剧是不吉之兆。恰好这时国王有令,要招募一名聪明伶俐的敖人少年进宫做侍从,帕陀隆府尹就选中了卡郎。卡郎进宫之后,把上面的故事讲给国王听。国王非常感动,就把它写成了一部诗剧,取名《野敖》。《野敖》的故事就这样流传了下来。

奥 频 姑 娘

从前,婆罗门国有位国王叫大法王。他的王后叫素旺特威。他们有一个王子叫巴吉。在王子十六岁那年,大法王想把王位交给巴吉王子,让他来掌管国家大权,并且向国内大小城郡下发诏书,让郡王们把他们的公主送到京城任凭王子挑选。

郡王们接到诏书,争相把自己的公主送往京城,一时间,巴吉王子身边美女如云,但王子一位公主也没看上。大法王奇怪地问:"我的孩子,这么多公主就没有一位能使你满意的吗?"

王子回答说:"尊敬的父王,我不想在这些公主中寻找爱人,请父王允许我按照自己的意愿去寻找心上人。"大法王同意了王子的请求,但他有一个条件,就是要请算命先生掐算一下,王子的心上人现在何处。

算命先生根据巴吉王子的生辰八字推算说:"王子的爱人是位有福之人,美丽无比,黑发、红唇、细齿、玉肌,而且青春常在。但她现在还在娘胎里,没有出生呢。"算命先生还说:"王子爱人的母亲

106

是个寡妇,以种田为生。由于腹中胎儿的福分,使她头顶上有一圈常人看不见的光晕。若王子一直朝东面走一定会找到这个女人。"

巴吉王子辞别大法王和王后,按照算命先生所指的方向去寻找自己的心上人。

当王子走到一个叫三立的村子时,遇到一位怀孕的大婶正在耕地。王子仔细一看,发现孕妇头上果真有一道算命先生所说的光晕。王子心想:我的心上人一定就在这位大婶的腹中。王子走上前去跟大婶打招呼:"大婶,您好,为什么一人在这儿耕地?您的丈夫哪儿去了?"

"我没有丈夫。"那位大婶回答说。

"您这么艰难,往后就让我来帮您种地吧。"

"有这样的好事?你平白无故地为什么要帮我种地?"大婶不解地问。

"我不白帮您种地,我想跟您定个君子协议。"

"什么协议?"大婶不经心地问。

"您看这样好不好,我帮您种地,若是您生个女孩儿,等她长大之后,您就把她嫁给我。"

"这么说,你是要帮我抚养这孩子?"大婶半信半疑地问。

"是的。"

"当真?"

"绝对当真。"王子肯定地回答。

"那我就答应你。"大婶痛快地答应了。

从此以后,巴吉每天一早下地,晚上收工回来还帮大婶做家务。大婶十月怀胎,生下一个女孩,巴吉一见就非常喜欢,并给她起了一个好听的名字叫奥频。巴吉精心照料母女二人直到奥频长到十六岁。

一天,巴吉同奥频的母亲提起当年的诺言,奥频的母亲当即同意他俩成亲。

巴吉与奥频结婚后,十分想念自己多年未见的父母,就对奥频母女俩说:"我想回婆罗门国去看看父母。"奥频母女听说巴吉要走,都不愿意。巴吉就说:"我要把结婚的消息禀告父王,请父王准备聘礼,正式迎娶奥频姑娘。"奥频母女听了这话才放巴吉走。

巴吉顺利地回到了婆罗门,大法王和王后见王子回来了,并娶到了心爱的人,都向巴吉表示祝贺。

巴吉离开没几天,奥频家就出事了。当地一个叫婆罗塔的少爷早就觊觎奥频姑娘,巴吉刚一走,他就来钻空子。有一天,婆罗塔把奥频拦在路上,装糊涂说:"姑娘,有丈夫了吗?"奥频鄙夷地把头扭向一边说:"有了。"婆罗塔说:"别骗我了,你哪有丈夫啊!就让我做你的丈夫吧!"说完就把奥频抢到自己的府里去了。

奥频心中只有巴吉,痛骂婆罗塔卑鄙无耻。也许是奥频的诚心所至,婆罗塔根本无法靠近奥频。他每次凑上去,浑身上下就像着了火似的难受,所以他始终也没能得到奥频。

自从分别后,巴吉日夜思念奥频。他与父母相聚了几天,就带上丰厚的聘礼,回三立村了。他一进家门,不见了奥频,心急如焚。一气之下,把带回的聘礼全都抛到了河里,后来那条河就叫聚宝河。

巴吉直朝婆罗塔家奔去。奥频见巴吉来了,惊喜地扑进他的怀里,欢喜地说:"你终于来了。"巴吉要把奥频带走,奥频就把事先想好的计划对巴吉说了。奥频单独去见婆罗塔并对他说:"我哥哥来找我了,他就在外面。"婆罗塔阴阳怪气地说:"那你就让他进来吧。""我哥哥怕你,不敢进来。"婆罗塔就让身边的人出去叫巴吉。奥频见婆罗塔身边没人,就劝他喝下事先准备好的烈酒。婆罗塔当即醉倒。奥频抽出婆罗塔身上的剑,杀了他。

奥频跑出来和等在外面的巴吉骑上马逃走了。他们骑马跑了很久,才在一棵榕树旁停下。正当他们在树下休息的时候,一位猎人骑着牛从此经过。猎人见奥频长得漂亮,就动了坏心眼儿。猎人跳下牛背,蹑手蹑脚地躲到树后,用箭射死了巴吉,把奥频拖上牛背带走了。

面对粗暴强悍的猎人,奥频不敢反抗。她为失去巴吉,默默流泪。没走多久,奥频就想出一个对付猎人的办法。她对猎人说:"大哥,我坐在前面,害怕牛犄角,你能让我坐到你身后吗?"猎人没多想,就让奥频坐到了自己身后。走了一会儿,奥频又说:"大哥,这牛走起来怎么一颠一颠的? 你把手里的剑让我拿着,你好腾出手来驾牛,让它走稳点儿。"猎人觉得奥频还挺体谅人,就把手里的剑给了奥频。奥频接过剑,趁猎人没注意,就把他杀了。奥频跳下牛背,转身就往回跑。她找到了巴吉的尸体,抱着巴吉哭晕了过去。

奥频苏醒后,看见不远处有一条眼镜蛇和一条蟒正打得不可开交。后来蟒敌不过眼镜蛇,被眼镜蛇咬死了。紧接着就见眼镜蛇吞下一种不知名的草在嘴里嚼着,然后把草汁喷到蟒的身上。眨眼的工夫,蟒又活了。双方又打作一团。这次眼镜蛇被蟒咬死了,蟒又吞下那种草嚼了一会儿,把汁又喷到眼镜蛇身上,眼镜蛇也复活了。蟒和眼镜蛇就这样你来我往,像是在做游戏。奥频看得出神,她想:那草一定是能使万物复活的仙草,于是奥频也把那种草放到嘴里嚼,然后把汁喷到巴吉身上。巴吉果真活了。他睁开双眼问奥频:"我睡了多久?"奥频回答说:"你哪里是睡着了?你是被黑心的猎人杀死了。是我用仙草把你救活的。"奥频把刚才的一切讲给巴吉听。巴吉听后惊奇不已,称奥频是自己患难中的救命恩人。

奥频收好仙草,两人继续往前走,走了没多久,一条大河拦住了去路。两人正发愁怎么过河时,忽见一个小和尚划着一条船经过。巴吉忙冲小和尚喊:"小师父,小师父,您能把我们渡过河去吗?"小和尚朝这边瞧了瞧说:"我这条船小,只能坐两个人。我只能分两次把你们送过河去。""可以。"巴吉说完就先下了船。小和

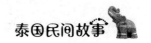

泰国民间故事

尚把巴吉送到对岸,就回来接奥频。奥频上船之后,小和尚没有把船摇向对岸,而是顺流划去。奥频连忙问:"小师父,您这是往哪划呀?""我要把你带回家给我哥哥做老婆。"小和尚冷冷地说。奥频一听,就愣了,她不知怎样才能重新回到巴吉身边。船走了好远,奥频忽然看见岸上有棵无花果树,树上结满了无花果。奥频心生一计,就对小和尚说:"小师父,我饿极了,你能不能帮我摘点儿无花果吃?"小和尚也想尝尝无花果,就调转船头,朝岸边儿划去。小和尚上了岸,在无花果树下紧了紧袈裟,就爬上了树。奥频见小和尚上了树,连忙捡来一些荆棘树杈堆在树下,返身跳到船上,冲小和尚喊道:"师父,您就在树上自己享用吧!"说完,就把船划走了。

奥频划回到巴吉上岸的地方,却不见了他的踪影。她心想:巴吉一定是找我去了。看来今生我俩难得再见,也不知巴吉现在是死是活。我发誓,若是巴吉死后变成鱼,我就变成江河,任鱼儿游荡;若他变成青藤,我愿做树林,任其攀绕;若他变成蜜蜂,我愿变成花朵,任其吸吮,无论是天涯海角,我也一定要找到他,跟他在一起。

奥频一路走,一路打听巴吉的下落,始终没有找到。有一天,她来到了赞巴国,走进一个寺院,拜倒在佛像前祈祷:请佛祖去掉我的乳房,让我变为男人。奥频的祈祷刚一出口,她的乳房就消失了,真的变成了男人,她把自己的名字也改成了丈夫的名字"巴吉",决定在赞巴国住下。

一天，"巴吉"见一伙人正忙着办丧事，就问："谁死了？"人家告诉他说："国王的女儿死了整七天，今日出殡。""巴吉"连忙说："我有办法能使死去七天的人复活。"人们赶紧把这一消息禀报给国王。国王一听有人能使自己的女儿复活，连忙把"巴吉"找来，亲自问"巴吉"："你真能使我的女儿复活吗？""我保证。""巴吉"回答说。

"那么，你需要我们做些什么准备？"

"请用围幔把公主围起来，别的就不需要了。"

国王吩咐侍从按"巴吉"的要求去做，"巴吉"向国王深鞠一躬，钻进围幔，"他"取出一直带在身上的仙草，放进嘴里嚼了一阵，然后把草汁喷到公主身上，喷了一口草汁之后，公主睁开了眼睛，喷了第二口，公主翻了一下身，喷完第三口，公主就站起来走出了围幔。

国王迫不及待地跑近围幔，他见自己的女儿真的复活了，激动万分，他伏身亲了女儿的额头，转身走出来对"巴吉"说："小伙子，你简直太神了，使我的女儿死而复生，我要用我所有的财产来感谢你，包括我的女儿和这个国家。"

"巴吉"向国王一拜说："多谢国王好意，恕我不能接受您的财产，只请您允许我出家为僧。"

国王见"巴吉"要出家，觉得也是件好事。他让人为"巴吉"准备最好的出家物品，亲自把"巴吉"送到寺院。

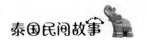

"巴吉"拜过师父，专心研读经书，最后做了赞巴国的僧王。当了僧王之后，"巴吉"就让人盖了一座大殿，殿内壁画上画的就是巴吉带奥频逃出三立村，路遇猎人，巴吉被猎人射死，奥频用仙草救活巴吉，两人又一同逃到河边，小和尚用船把奥频骗走，两人再度失散的故事。僧王派人日夜守候着大殿，并嘱咐说："若是谁进到这个殿中，看了壁画之后落泪，不管是男是女都要马上通知我。"

再说巴吉，当年找不到奥频，就四处流浪。有一天，他也去了赞巴国，无意间走进了僧王的大殿。他看墙上壁画叙述的故事与自己的经历相同，感慨万分，不禁落泪。看门的见状，马上跑去告诉了僧王。僧王听巴吉讲述了自己的经历后，就问他："你还想见到奥频吗？"巴吉说："太想了。"僧王让巴吉先出家修身。随着僧王与巴吉相处时间的增长，两人的感情也与日俱增。最后，僧王不得不对巴吉坦白说：自己就是奥频，因找不到巴吉，才发誓变成男人出家的。僧王再次祷告，还原为女儿身。两人一同还俗，重新回到婆罗门国。

大法王和王后见巴吉王子带着自己心爱的奥频姑娘回来了，万分高兴，马上举行加冕典礼，让巴吉做国王，封奥频为王后。

陶库卢和娘渥

很久以前，有一位不知名的国王统治着宾占那空国。国王有个王子，名叫陶库卢，相貌十分俊美。国王有个好朋友，是毗邻的盖亚那空国国王。两位国王情深义重，亲密无间，他们约定，如有子女应相互联姻，以使双方友情世代相传。

盖亚那空国王有个公主，名叫娘渥，长得貌美无双，举国上下，只有娘渥一人美胜天仙。根据两国国王的约定，陶库卢和娘渥应结为夫妇。但是，他们俩还没长大成人，两位国王就先驾崩了，两国分别由两位王后掌管朝政。

陶库卢成年后，他的母后便将王位传给了他。王后出于爱子之心，担心陶库卢过于寂寞，就从大臣的女儿中选出长相漂亮的给他做妃子。陶库卢和母后都忘了与娘渥指腹为婚之约。

娘渥长大后，出落得更加美丽动人，举国皆知。很多国家的君主都希望能娶到她，其中有个叫坤朗的，久仰娘渥的美名，于是便向娘渥的母后求娶娘渥。王后得到坤朗进献的财宝，爱不释手，同

114

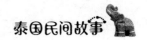

意了他的求婚。可娘渥对坤朗一点儿也没感情,每当母后催促他们成婚,她都极力推托。

就在坤朗纠缠娘渥的时候,陶库卢也听到有关娘渥容貌娇美和坤朗前去求婚的消息。他懊悔自己不该长期疏忽娘渥,差点就要被坤朗占了先。他急忙准备各种聘礼,前往求娶娘渥。

吉时一到,陶库卢的求婚队伍马上从宾占那空出发直奔盖亚那空。抵达后,他们受到很好的款待。陶库卢觐见娘渥的母后,娘渥也向陶库卢的母后请安。双方相处似乎非常融洽,两位王后相互称赞彼此子女容貌秀美。

为了给予陶库卢母子亲切的接待,以体现双方的世交之谊,娘渥的母后决定将接待分为两方面。她邀请陶库卢的母后到寝宫交谈,并同榻而眠。陶库卢由娘渥接待,同室而居。

娘渥认为陶库卢是自己未出生前就许配的夫婿,如此相见更备感亲切。两人产生了深深的爱慕之情,并发展到同榻而眠。双方立下海誓山盟,永不分离,陶库卢说如不能娶到娘渥就将自刎而死。

第二天,陶库卢的母后按习俗求聘娘渥,但由于娘渥的母后贪恋坤朗的财宝,也因为陶库卢和娘渥前生的业障,所以娘渥的母后不同意陶库卢的求婚。她借口说,是陶库卢破坏婚约在先,纳了很多妃子。陶库卢的母后辩解说:"这样想就不对了。按例一国之君妃子越多越光彩。况且我们来是求聘娘渥去做王后的。"

"不管怎么说,我就是不同意!"娘渥的母后还是顽固坚持。

陶库卢的母后见怎么也谈不拢,火冒三丈,马上带着随从回宾占那空。这使陶库卢和娘渥十分悲痛,分手时哭得死去活来,两人约好在城外的花园里相会。

陶库卢和娘渥日夜期盼着约期的到来。到了那天,娘渥找了借口对母后说要到城外的花园去过夜。母后不得不同意,但暗中派她的婢女娘伦跟踪监视。

陶库卢等到约定的那一天,一刻也没耽搁,快马加鞭来到了花园,此时已是黄昏时分。两人都为重逢而欣喜,他们在花园里躺下,互诉衷肠,到第二天早晨才依依不舍地分别,同时也没忘了约定下次相会的时间。

陶库卢和娘渥幽会和互表爱意的情景都没能逃过娘伦的眼睛。她回去向娘渥的母后一五一十地做了禀报,娘渥的母后气得浑身发抖,即刻宣娘渥觐见,把娘渥骂得体无完肤,说她不听母亲的话,只管偷男人。不管娘渥怎么解释,母后都听不进去,反而骂得更凶,甚至把娘渥比成九月的狗,使娘渥羞辱难当,觉得再没脸见人,起了厌世寻短见的念头。当天下午,娘渥取了一块缠胸的丝布,偷偷出了城。

娘渥并没有逃去找陶库卢,而是跑到一棵黄樟树下哭起来,她求附在树上的神灵和树精说:"万能的神明啊,我娘渥现在求死成鬼,因为我以前种下的业障使我愁苦万分,请求黄樟树上的神灵和

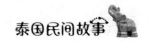

树精为我弯下树枝吧。"

附在黄樟树上的神灵和树精听到娘渥那样跪求,同时也通过神力得知娘渥和陶库卢前世业障未了,死期已到,因此就按她的意愿把树枝弯了下来。娘渥把丝布的一头系在树枝上,另一头套在脖子上,之后,她又求神灵和树精不要立刻提起树枝,给她一点时间,给母后和陶库卢留下遗言。神灵和树精也同意了。于是娘渥先对母后说:"母亲的恩情重如山。母亲把我养大成人,还没来得及报答。但是孩儿的旧业注定孩儿今生要先走一步了。就此告别母亲。希望母亲健康长寿,永享王业。"娘渥哽咽地说完,又克制自己的情绪,接着对陶库卢说:"陶库卢哥哥啊,从此以后,哥哥再也见不到妹妹了,哥哥肯定会很悲伤苦寂,日夜思念妹妹的。求哥哥心情愉快,不要为妹妹难过,希望你常积德行善,也算为我献此功德。妹妹告辞了,来生再见吧。"

娘渥说完,树枝就弹起伸直,娘渥的身子给吊了起来,不久,娘渥气绝而亡,尸体凄凉地挂在那儿,情景令人怜悯。

娘渥的母后见女儿不知去向,心起猜疑,不知女儿是不是跑到宾占那空或是其他地方去了。于是命全体臣民紧急出去寻找。不久就发现娘渥那已经失去灵魂的躯体摇晃着挂在树枝上。大家都很吃惊,没料到会发生这种事。娘渥的母后极端悲痛,像个失了神智的人一样哭叫起来。但她非但不同情自己的女儿,反而哭着责备起她来:"娘渥啊,你怎么会为一个有妇之夫而寻死呢?世上单身男人还有很多呀，你怎么就不看一眼，就这样稀里糊涂地寻短见了啊？孩子啊，你怎么会这么做呢？"

陶库卢一得知娘渥的噩耗就跳上马背，疾奔而来，等他赶到时，大家正忙着把娘渥的遗体从树上解下平放到地上。陶库卢一见到心爱的姑娘的遗体，就扑过去抱住，有如梦呓般地哭叫着："娘渥妹妹啊，为什么抛下哥哥一人孤苦伶仃，先我而去了呢？娘渥一去，哥哥就一无所有了。我失去了娘渥，就好像失去了心，我还留在世上做什么？！"

突然，陶库卢从娘渥的遗体旁退开，猛地举起随身的短剑，尽全力往自己的脖子刺去。霎时，陶库卢血如泉涌，仰面倒在娘渥身旁断了气。在场所有的人见悲剧重演都更加吃惊和悲伤。

盖亚那空的人还没来得及料理他们两人的遗体，陶库卢的母后也率人赶到了，她一看到儿子和娘渥的遗体，惊讶得不知所措。待回过神来，就毫不留情地责怪娘渥的母后，说她只顾贪恋财宝，不顾子女的感情，才发生了这样的惨剧。

正在大家乱作一团，准备处理尸体的时候，坤朗也来了。他毫无顾忌地直冲过去在娘渥的遗体上恬不知耻地乱吻乱摸，这使娘渥的母后认清了坤朗卑劣的本性，也明白了为什么娘渥不愿嫁给他。

事已至此，陶库卢的母后和娘渥的母后又重归于好，决定共同料理后事，在两国交界的地方建起了火化台，按礼俗火化了遗体。

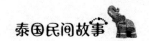

后来,在娘渥自缢身亡的地方长出了一种花,被叫作"娘渥花"或"白蝶花";而在陶库卢自尽的地方也长出了另一种花,被叫作"陶库卢花"。这两种花被青年男女用来表达爱慕之意,是爱情的信物。它们每到黄昏,也就是陶库卢和娘渥约会的时候,就会散发出阵阵清香。

小 儿 捉 虎

有个小男孩儿,每天都到山坡上放牛,到了傍晚再把牛赶回牛圈。

一天,到了回家的时候,小男孩儿数了数牛,发现少了一头。他害怕父母的责骂,就让小伙伴帮忙把牛赶回去,自己跟着牛的脚印去找牛。刚到林子边,就发现一只老虎正在吃自己家的那头牛。

这时老虎扭过头来,看到了这个小男孩儿。男孩儿跑是来不及了,只好鼓起勇气喊道:"喂,老虎,你为什么要吃这牛呢? 一点儿都不好吃,还不如进村抓个人来吃呢。"

老虎听到后,马上停了下来,急切地问道:"可是我怎么进村呢? 人们看到我,一定会把我杀死的。"小男孩儿笑道:"只要你照我说的办,人们就杀不了你,因为有一种果子吃了可以隐身,人们看不到你,那时,你想吃谁不行啊?"

老虎很想试一试,于是问道:"你说的神奇的果子在哪儿啊?"小男孩儿指着远处说:"就在田野边儿上,我带你去。"

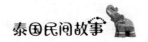

　　小男孩儿和老虎一前一后走去,到了田野边,见到一大株茂盛的枣树,上面结满了枣,小男孩儿就坐下来,一颗一颗地摘来吃,边吃边说:"我的手小摘着吃,你的手大捋着吃。"老虎信以为真,迫不及待地用两只前爪用劲地去捋枣树。

　　枣树的刺把老虎的前爪刺得鲜血直流,老虎痛苦地叫道:"我的手痛死了,怎么办啊?"小男孩儿笑道:"都是你捋得劲儿太大了,不过不要紧,我有好药,抹了就不疼了。"说完就带着老虎向盐碱地走去。那是一大片盐碱地,从远处还可以看到不少白蒙蒙的盐粉在空中飘舞。

　　小男孩儿对老虎说:"你把那些土用力擦在手上,马上就不疼了。"老虎又上当了,把盐碱用力地擦在爪子上,顿时,两爪更疼了。"哎哟,怎么又辣又痛,到底怎么样才会不痛啊?"老虎哀叫着。小男孩儿说:"别急,别急,擦了药之后要用圣水洗一下,就再也不会疼了。"

　　小男孩儿把老虎带到家里后院的一口废井前,探头看了看井里清澈的水,说:"你下去吧,用水洗洗手,伤口就会全好了,再也不会疼了。"老虎信以为真,毫不犹豫就跳了下去,用水洗起爪子来。老虎沾满了盐碱的爪子用水洗了以后,顿时好多了,之前又辣又痛的感觉减轻了不少,老虎笑道:"啊!这圣水真好,凉凉的,伤口也不疼了。"

　　老虎洗完爪子后,想要爬上来,可是费尽浑身力气怎么都爬不上来,最后只好求小男孩儿帮忙:"小朋友,快来帮帮我,我爬不上来了。"

小男孩儿确信老虎爬不上来了,就笑道:"笨老虎,才没有人帮你呢!我把你骗进井里,就是为了让村民杀死你。"

说完后,小男孩儿大声喊道:"老虎掉进井里了,乡亲们,快来把它杀死啊!"乡亲们听到后,纷纷操着棍棒跑过来,把老虎杀死在井中。从此以后,再也没有老虎来伤害村里的牲畜了。

治 懒 病

从前，有一个大富翁，财产多得不计其数，儿孙几代都享用不尽。富翁只有一个儿子，视为命根，对他娇生惯养，百依百顺。

富翁雇了三个仆人，专门服侍儿子，想让他享尽人间幸福。富翁的儿子一切事情都由三个仆人代劳，过着饭来张口、衣来伸手的生活，从来没想过像其他年轻人一样自食其力。渐渐地，他就变成了一个十足的懒汉。

吃饭时，仆人把饭菜端来，摆好。富翁的儿子不吃，仆人问他为什么不吃，他说："我懒得吃。"

仆人不知如何是好，就去告诉富翁。

"老爷，少爷不想吃饭。"

"为什么？"

"他说懒得吃。"

富翁听了，吩咐说："他懒得吃，你们就喂他好了。"

仆人回到少爷房间，用勺子喂他吃。饭进了口，嘴却不动，仆人问少爷为什么不嚼。他含混不清地说："我懒得嚼。"

仆人没有办法，只好又去告诉富翁。

"老爷，少爷懒得嚼，还是不吃饭。"

富翁听了，心里可怜儿子，就对仆人说："他懒得嚼，就做成不用嚼的流食给他吃。"

仆人跑回去，把饭菜做成流食，倒入富翁儿子的口里。因为他的嘴不肯动，流食有一半流出口，一半流进肚子里。吃过饭不久，富翁的儿子开始肚子痛。仆人说："少爷，去解一下大便，肚子就会舒服了。"

"我懒得走路。"

仆人没有办法，只好再去报告富翁。

"老爷，少爷要去厕所，又懒得走路，怎么办哪？"

"他懒得去，你们就抱他去吧。"老爷说。

仆人就回来抱起富翁的儿子，去厕所解大便。

富翁儿子的懒，真是世上罕见，三个仆人每天忙得团团转，就连富翁也什么事情都做不成。因为仆人不停地来报告，少爷一个劲儿地提要求，大小事都要富翁想办法解决。富翁苦恼不堪，绞尽脑汁也想不出解决的办法。一天，有位高僧来到村里。这高僧学识渊博，很受众人尊敬，富翁就向高僧求救。

"长老，我儿子得了一种怪病。"

"什么病？"

"懒病。他得病以后，懒得吃，懒得睡，连坐也懒得坐。为这事儿，我真伤透了脑筋。再这样下去，我儿子只有等死了。"

高僧听了说："贫僧活了这么大年纪，头一回听说世上有懒病。如果懒得吃，懒得睡，以后是不是还会懒得死呢？死是不随人愿的，谁也不能幸免。"

"那我该怎么办呢？我只有这么一个儿子，请长老无论如何发发慈悲，帮忙治好吧，不然他真会病死的。"富翁央求着。

这时，仆人又跑来报告："老爷，少爷懒病更重了，今天又懒得说话了，怎么办哪？"

富翁转向高僧，说："长老，我儿子已经懒到不说话了，这样下去，不久就会病死了呀！您快救救我的儿子吧！"

高僧沉思一会儿，对富翁说："他懒得说话，就不让他说好了，把他一个人留在屋里。三天以后，贫僧自有办法医治他。"

高僧说完，告辞回了寺院。富翁想，如果按照高僧吩咐，把儿子独自一个人留在屋里，儿子一定会痛苦寂寞。他实在放心不下，仍旧派仆人去照顾他。

三天以后，突然有二十多名"强盗"闯进了富翁家，他们高声呼喊着，要把全家老少都抓起来。富翁的儿子看见强盗来了，担心被抓去受苦，急忙悄悄地从后窗跳下竹楼，拼命逃跑，把对仆人讲过"懒得走路"的话，忘得一干二净。

"强盗"们发现富翁的儿子跑了，就追上去，抓住以后，捆绑起来带走了。出了村庄，"强盗"首领命令富翁儿子站在一个红蚁穴上，红蚁很快爬满了他的全身，拼命叮咬。富翁儿子扯着嗓子大呼救命，央求快放了他。

"大少爷，你不是懒得说话吗？怎么还能喊叫？"

"你怎么不说'懒得走'了？看你刚才逃跑的时候，比谁都跑得快！现在要是还懒得走，就站着让红蚁多咬一会儿吧！""强盗"们你一言我一语地奚落着。

"我能走，我能走！我不敢再懒了。"富翁的儿子连声说。

"强盗"首领将富翁儿子带到一处隐蔽的竹楼上，交给高僧。高僧把他关在一个房间里，一连几天不给他送饭。富翁儿子饿得直叫，可是不管他怎么哭喊，也没人理睬。一天，当他饿得嗷嗷叫时，高僧走进来说："你不是懒得吃吗？现在还懒吗？如果还懒，就叫你永远待在这里，直到饿死为止。"

几天以后，富翁的儿子饥饿难耐，终于觉悟，答应不再懒惰，高僧才同意给他饭吃，高僧和颜悦色地说："孩子，如果一个人懒惰，他就没有前途，世人都会嘲笑他，没人愿意跟他交往，他就无法在世上立足。只有勤劳、自食其力的人才会受到世人的尊敬。"

富翁的儿子悔悟后，高僧就把他送回了家，富翁见到儿子脱胎换骨，万分高兴。高僧语重心长地对富翁说："你儿子的懒病，娇惯是病根，你错在太溺爱他，才使他好逸恶劳，懒惰成性。物极必反，溺爱非爱，实为害也。"

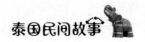

　　富翁的儿子接受了高僧的教诲,痛改前非,丢掉懒惰恶习,重新做人。后来帮助父亲经商,事业越来越发达。

巧 捉 土 匪

有一户穷苦的人家,日子过得一直很艰难。他们有个儿子,虽然是在苦水中泡大的,却非常勤奋、坚忍,立志要学习知识。

因为家里穷,付不起学费,小伙子只好出力气为老师干活。他坚信,只有勤奋才能摆脱贫穷,只有专心才能取得成功,因此他学习得比谁都认真,成绩比谁都好。学成之后,他辞别老师,准备回家。就在回家的路上,发生了一件事。

有个土匪,靠抢劫别人的钱财过活。他把抢来的东西都藏在山洞里,越聚越多。有一天,土匪突然想到,现在这些财富都属于他,等他死后,应该有子孙继承他的财产,可是他没有孩子。

后来,土匪抢了一个女孩子和他一起生活,认她做自己的义女。女孩子一天天长大,出落成花容月貌的大姑娘。土匪不由得担心起来,如果自己不在,会有小伙子骚扰女儿,于是他强迫一位老妇人来陪伴女儿。老妇人带了芝麻和南瓜种子,一边走一边悄悄地撒在路上,这样以后她就能知道土匪的山洞在哪里,逃跑时才不会迷路。

老妇人来到山洞,陪姑娘生活。土匪外出抢劫时,老妇人一直照看着姑娘,终于摸清了土匪的底细。

后来,尽管土匪极力地讨好老妇人,老妇人还是不满意,她想像从前一样,过自由自在的生活,因此千方百计寻找逃跑的办法。

一天,老妇人终于趁机会逃了出来,她原来撒的种子,现在已长出了芝麻、南瓜,老妇人沿着她"种"出的这条路,急急忙忙往回走。

半路上,她遇见辞别老师回家的小伙子,见小伙子一表人才,灵气逼人,老妇人就问道:"小伙子,你在埋头想什么呢?你想得到什么?"

"幸福。"小伙子回答。

"幸福有很多种,健康是福,富裕是福,有家是福,这些你大概都想得到吧!"

"您说的这些幸福,人人都想得到,人人都在追求。"

"如果你想得到,就沿着这里种的南瓜、芝麻往山里走吧,你会得到的。"

老妇人说完,就赶紧走了。

年轻人想,前面一定有什么东西,于是决定顺着这些作物往前走,他想老妇人大概不会骗他的。

小伙子谨慎地走了一路,最后走到一座山脚下,这里的南瓜十分醒目。

"这附近一定有什么东西。"小伙子边想边仔细地打量起来。就在这时,一个姑娘从山洞里走出来,两个人一见面都愣住了。小伙子见姑娘貌若天仙,顿生爱意,他想:说不定是树仙子呢。他简直不敢相信在这偏僻的山洞里会有这么漂亮的姑娘,便迫不及待地向姑娘打听起来。

经过一番了解之后,两个人已是情投意合了。姑娘邀小伙子进了山洞,小伙子才知道这是土匪藏宝的地方。

"明天父亲就回来了,我们赶紧逃跑吧。如果让父亲知道你在这里,会有生命危险的,因为父亲很爱我,也很心疼他的财宝。"姑娘忧心忡忡地说。

"我来这里并没有任何的歹意,为什么要怕?"

"那你也要想个办法,别让父亲把你杀了。"

"现在我还想不出来,要到明天才行。"小伙子安慰姑娘,免得她过于担心,因为姑娘很清楚,不管是谁到了这儿,知道了藏宝的地方,最后都是死路一条。

聪明的小伙子仔细地观察了山洞里的地形,藏财宝的屋子的门已经被土匪紧紧关上了,除了他自己,谁也进不去。

第二天早上,小伙子向姑娘要了一块白布,并且嘱咐她,等土匪回来以后,把山洞的门关得严严的,另外还给了姑娘一块棉花,告诉她如果出了什么事,就把耳朵捂住,那样就不会有危险了。姑娘把小伙子说的话,全都记在了心里。

土匪回到山洞,不见了老妇人,就问道:"你的保姆哪里去了?"

"失踪许多天了,父亲。"

"失踪"一词让土匪很不安,他担心老妇人会把他的秘密告诉别人,这样一来,他就会有危险的。

姑娘见父亲进了山洞,马上就把洞门关得紧紧的,与此同时,洞里响起了巨大的恐怖的声音,有时似风啸,有时像犬吠,接着听到小伙子对土匪的劝诫,教育他要分清是非,弃恶扬善。因为山洞里有回音,所以那声音听起来简直是震耳欲聋,姑娘赶紧用棉花把耳朵堵住,什么声音都听不见了。她看见父亲用手捂着耳朵,想跑出去,却见一条大蛇挡在洞门口,想躲到石缝里,发现石缝里也是蛇。

这声音实在太响、太刺耳了,从不服输的土匪不得不举手告饶,保证以后再不做坏事,只求这声音停下来;如果再不停下来,他不是心碎了,就是耳朵裂了。

小伙子得到了土匪的保证,就从藏身的大石后走出来。他一身白衣,土匪见了还以为是仙人,吓得不停地作揖。小伙子把事情的经过详细地告诉了土匪,土匪也悔悟了。他把抢来的财宝尽可能地还给主人,还不了的就拿去做善事。从此以后,他与女儿、女婿一起过着清白的生活。

贪 财 失 财

俗语说,聪明人不可自以为是。如果倚仗自己的聪明,把别人都看成傻瓜,再加上贪心不足,聪明有时反倒会变得愚不可及。你也许不相信,那么,就请你读一读下面这个故事。读完你就会明白,一个极有本事的赫赫有名的珠宝行家是怎么被一个无名之辈轻而易举地骗去了钱财。

有一个大官儿,兼营珠宝生意。因为他的官宦地位,生意做得很火,几乎所有上层官宦人家要买珠宝都会通过他去买。这就使他的名声越来越大,人们都相信他是擅长鉴别珠宝的行家。

一天,有一个认识他的叫阿唐的下等人来找他。随身带来一颗用玻璃瓶塞打磨、加工后制成的"钻石"。阿唐脸上堆出一副傻乎乎、老实巴交的表情,把"钻石"双手捧上说:"这块钻石我家收藏很久了,是我祖上传下来的,已经传了好几代了。我本来不愿拿出来,可是您看看我现在这副模样,就是自己享用,别人看了也不会相信这颗枣核儿大的钻石是真货。再说,我也实在没这么大福

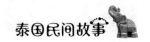

分。要是一直收藏下去，这钻石也就没了用处。还是把它换成钱，维持生计为好。大人您要是愿意个忙呢，我就把它放您这儿，请您替我卖了。除了您，我再也找不到一个可以信赖的人了。"

这大官儿听他说完，哈哈大笑说："阿唐啊！你认为我看不出你那是个玻璃瓶塞儿啊？"阿唐立刻睁大了眼睛争辩说："什么？这明明是我家收藏的稀世之宝，我从小亲耳听父亲说是从祖父、曾祖父手上传下来的。我今年也是四十岁的人了，这宝贝保证是古董。只是求您收下它，没人要，我就拿走；有人要时，就劳您神，帮我卖掉。算是您行个好，帮帮穷人吧！"

大官儿听他如此说，心就软了下来，收下那"宝石"，问道："您要卖多少钱？"阿唐说："只要八百铢。"大官儿一听，大笑不止："什么？八百铢？我看连一个大子儿也不值。不过倒也说不定会有人一时兴起，买去挂在猫脖子上玩玩儿。可话又说回来，谁肯花一个大子儿为猫脖子打扮呢！我可不能保证卖得出去哟！既然你非要卖那么高的价钱，就随你便吧！我就先收下来。"阿唐谢了老爷，就告辞回去了。三个月过去了。一天，东边寮国的使臣来到这大官儿的府邸，说："寮国国王想买一颗大钻石佩戴，找遍了所有的地方，都觉得太小。听说大人府上有上等的钻石，能不能让我看一看？"大官儿一听，赶忙把所有的珠宝都取出来供使臣挑选。那使臣挑来选去总是不满意，而且表现得十分外行。上等的钻石，他说不好；次等货他却说："真漂亮，可惜小了点儿，再大些就好了。"

大官儿犯了愁:"到哪儿去给他找那么大的钻石呢?"想来想去,突然想到那个精雕细琢的玻璃瓶塞。"那颗大概够大了吧?可是把个玻璃瓶塞拿出来卖,也太掉自己的身价儿了。"可转念又一想,"这家伙看样子不是个识货的主儿,只要说明那是别人托卖的,并不是自己收藏的也就没什么了。"于是,他就把它拿出来递给了使臣。

没想到那寮国使臣把瓶塞接过来看了又看,然后微微一笑说:"啊!这还差不多,相当漂亮,大小也合适,我们国王恐怕会喜欢的。这一颗你要多少钱?"

大官儿被他一问,心里立刻打起了算盘:"阿唐要八百铢。要是按真钻石卖,这么大何止八百?要价太便宜了,买方岂不疑心有假?不如再翻一倍,自己也好赚它八百铢。"于是就说:"卖主要一千六百铢。"使臣说:"一千六百铢不贵。可我今天随身只带了四百铢,先放个定金吧。七天后我把全部货款付清,再取走这颗钻石。"

大官儿见使臣买意已决,就与他签下了合同,合同上写明:"若七日之后买方不来取货,卖方有权没收定金四百铢;若买方付清货款后,卖方不能如期交货,则须赔偿买方损失四百铢。"双方谈妥之后,寮国使臣告辞回国。

又过了两天,阿唐来了。阿唐说:"大人,我那颗钻石放到您这儿好几个月了,还没卖出去。我还是拿回去得了。我听说有寮国

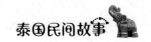

人到处打听要买颗大钻石，说不定我能卖给他。这样也省得老爷您费心了。"

大官儿一听愣住了："眼看着三四天后就有一笔大财到手了，若告诉他实情，他就知道我卖的真实价钱，哪里还肯让我白白得到八百铢？不说呢，他就要取走。寮人来取货时，我交不出货来就得受重罚。"思来想去，只好对阿唐说："阿唐啊，你干吗要费那么大劲到处去找买主呢！卖给我不就得了？"阿唐问："大人给我多少钱？"大官儿说："你不是要卖八百铢吗？我就给你八百铢好了。"阿唐说："那就谢谢大人了！"大官儿二话没说，数出八百铢，交给了阿唐。阿唐点过钱，不多不少正好八百铢，就告别大官儿，转身回家去了。

大官儿见阿唐一走，心中喜滋滋的。盘算着几天后，自己就能美美地净赚八百铢。

七天到了，寮国使臣没有来。等到第八天、第九天还是不见人影儿。大官儿这才着了慌，慢慢儿回过味儿来，明白原来是自己受骗了。大官儿心想："这骗招儿还真够绝的！我一个堂堂珠宝行家，竟然用八百铢去买了一个玻璃瓶塞儿！就是扣除那到了手的四百铢定金，也是白白损失了四百铢哟！"

死 而 复 生

很久以前,村子里有个富翁,膝下只有一个漂亮又懂事的独生女儿。村里的小伙子人人对她垂涎三尺。她家有个长工阿奴,青年阿奴家里很穷,出家还俗后就到富翁家当了长工。阿奴暗恋姑娘很久,却从来不敢向姑娘表白,只能每次看着她从身边经过,投去膜拜、爱慕的目光。

后来姑娘与心中的恋人——另一位富翁的儿子结了婚,婚后就住在姑娘家。阿奴天天看着他们夫妻快乐地在一起,心中无限悲伤。没想到五年后,姑娘的丈夫突然去世了。姑娘悲伤欲绝,终日以泪洗面。但阿奴却暗自高兴,心想自己的机会可能要来了。可是没想到姑娘因为悲伤过度,一个月后也随亡夫去了。亲友们决定将二人一起火化后合葬。那时候的丧葬仪式要进行两天:第一天火化,第二天装殓尸骨。阿奴想:听说雪山林的修道仙人能够用尸骨将人起死回生,何不试一试? 于是夜里偷偷地去把火化炉里的尸骨捡起来,装进口袋,慌慌忙忙背回了家。当晚阿奴一夜辗转反侧,既担心又兴奋,天刚蒙蒙亮就背上尸骨、带着干粮,一路向西奔雪山林去了。

阿奴奔波了七天七夜,到第八天黄昏,远远望见了仙人的精舍。他三步并作两步,跑到仙人跟前,见仙人正在闭目入定,不敢打扰,安静地坐在一边等候。过了好大一会儿,仙人终于睁开眼问道:"你有什么事吗?"

阿奴吞吞吐吐地回答:"我来求师父帮个忙。"

"什么事啊?"

"想求师父让我媳妇起死回生。"

"真的是你媳妇吗? 不是偷的别人家媳妇吧?"

"真的是我媳妇。"

"她死了几天啦?"

"不到十天。火化完我就马上带着她的尸骨来找师父了。我太爱她了,如果她不能复活,我也就随她去了。"

"好吧,小伙子。我就帮帮你。但是得过了午夜才能作法。"

阿奴终于长出了一口气,兴奋得心都要跳出来了。他急忙帮仙人烧水扫地,完了又拿起扇子给仙人扇风,一边没话找话地跟仙人聊天。一直快到午夜了,仙人就叫阿奴去打水来,然后再支起柴火,开始准备作法。

阿奴准备好这一切之后就悄悄地坐到仙人背后,眼睛一眨不眨地盯着仙人作法,心里像有一面鼓一直在咚咚地敲。

　　仙人点着了火堆，火光熊熊，把四周照得亮堂堂。然后一边念着咒语，一边把布袋子里的尸骨一块一块捡出来投进火堆，投完了又将施了法咒的圣水洒上去。

　　过了一会儿，火堆上竟然真的走出一对男女，他们走到仙人跟前，双双伏地跪拜，感谢仙人重生再造之恩。

　　阿奴惊呆了，继而号啕大哭，只怪自己捡拾尸骨时没有仔细查看。

　　仙人望着阿奴说："小伙子，你不老实啊！到底怎么回事，从实说来！"

　　阿奴只得认错，向仙人道歉，并说出了事情原委。仙人听了，心生怜悯，安慰阿奴说："这真是应了一句老话：肉没吃着，皮没得到，骨头还卡了脖子上了吊。你前世没有跟她一起行善积德，今世就没有缘分。好好修行吧，来世也许有缘相聚。"

　　阿奴领受了仙人的指教，忏悔自己心术不正。又向姑娘和她的丈夫道了歉，发誓从此安分守己，不再做非分之想。

　　天亮以后，三人辞别仙人返回家乡，各自幸福地生活。

三 车 知 识

从前,有个小伙子想学习知识,获取功名,于是拜师学习。不过,他不是把老师教的知识记在心里,而是抄在蒲葵叶上,日久天长,蒲葵叶装了满满三牛车。

小伙子想,自己有整整三车知识,足够用来向别人炫耀了。于是,他告别老师,推着那装满各种知识的三辆牛车,返回自己的家乡。一路上,他不停地向旁人夸耀,说他的知识有三牛车,没有谁的知识像他一样多。

有一天,他经过一个村庄,一个村民问他:"运什么来卖啊?"

"什么也不卖,这三车里装的都是我的知识。"

"什么? 您的知识装了三牛车?"一位老太太惊叹道,"如果是那样的话,大学问家,大妈我向您提个问题,好吗? 哪里的坟场埋的尸体最多?"

小伙子愣住了,他在车里翻了又翻,找了又找,也没看到类似的问题,最后他只好说:"大妈,我找遍了车里的教材,都没有这个问题。"

老太太笑着说："怎么会有呢？这么容易的问题，书上是不会有的。你想知道答案吗？"

"想知道，我要把它记在蒲葵叶上。"

"想知道，大妈就告诉你，最大的、埋尸体最多的坟墓就是你的嘴巴和肚子，你天天吃，每天吃掉很多的生命，对不对？"

小伙子点点头，他想，自己有三牛车的知识，却回答不出一个老太太的问题，真是太丢人了。于是，他决定回去重新学习。

老师见学生把他的知识运回来了，就问道："你回来干什么？"

弟子回答："我有三牛车的知识，却比不上一个老太太，太丢人了，我要重新向老师学习。"

"既然你想重新学，那我明天就教给你。"

第二天一早，弟子随老师一起走到私塾旁。那里有很多松树，老师指着其中一棵松树说："你爬到这棵树的最顶端，然后我就教给你。"

弟子按照老师的话，爬到了松树顶端，然后对下面的老师喊："老师准备教我了吗？"

"现在就教，把树抓紧啊，死死抓住。"

话一说完，老师就抓着松树使劲摇起来。

"抓紧啊，牢牢地抓住，别掉下来！"

"老师，我要掉下来了！你教我了没有？"

"我不是已经教你了吗?"

"您教给我什么了,我没听见!"弟子在树上大声地喊。

"我教你牢牢地抓住,别掉下来。"

弟子一听猛然醒悟过来。老师的意思是说:抓东西要抓得紧,做事情要认真做,才会有结果。好像他抓松树,如果他抓不紧,就会掉下去。

老师见学生不吭声了,就大声地问:"知道老师已经教你的知识了吗?"

"我知道了。"学生回答。

老师一听,这才松开手,让学生下来。

"老师教你什么了?"

"老师告诉我,抓东西要抓紧,干事情要认真,才会有成效。"

"你把我教你的知识写在蒲葵叶上,一点也不思考,不用心记,虽然写了三牛车,也比不上一个动脑筋的孩子或者那个老太太。重新学吧,你会真正拥有知识的。"

学生听了老师的话,开始重新学习记在蒲葵叶上的知识,终于变成了一个博学的人。后来,他去做官,位至宰相之职。

智擒强盗

从前,有一个国家,物产丰富,取之不尽,用之不竭,百姓生活非常安逸。后来,来了一伙强盗,无恶不作,令人望而生畏。

国王派手下人去剿匪,结果都大败而回,强盗因此更加嚣张了。于是国王宣布:如果谁能把这伙强盗消灭,将给他丰厚的奖赏。

这一消息引起了所有喜欢冒险的人的注意。人们纷纷志愿去剿匪,但都非死即伤,最后谁也不敢去冒险了。

后来,有个年轻人知道了这件事。他一直注意着这伙强盗,看他们是怎样抢劫的,剿匪的人又是如何被抓住、如何被折磨至死的。当他把所有的事情都了解清楚后,便禀明国王自己愿去剿匪。

年轻人一个人上了路,一直向强盗住的大山走去。一到山脚,就被强盗抓住交给他们的首领。强盗头子是个中年人,讯问后得知年轻人想来投靠他。

强盗头子做事很稳重,不愿轻易让人做自己的手下,他必须考虑这个人合不合适留下,够不够聪明机敏,因为愚蠢的强盗对他的同伙来说意味着更大的危险。

为了检验一下这个小伙子的能力,强盗说:"在我们收下你之前,你必须向我们证明你的能力,证明值得让你留下来。因此,让你做一件事情。"

年轻人静静地听着。

强盗头子继续说道:"你要去偷一个男人的牛,这个人十分小心谨慎。他就住在这座山脚下,养了三头牛,你偷其中的一头牛。记住,不能受一点伤。聪明的强盗,必须知道保护自己的安全。祝你成功。"

年轻人接受了命令,他仔细地观察、寻找线索,看看怎样才能把那个男人珍爱的牛弄到手,而又不发生争斗。他想了很多办法,最后终于决定按照自己认为的最好的办法行事。

每天早上这个男人都要牵着三头牛经过一片灌木林,然后把牛带到田里去吃草,天天如此。有一天,这个男人在路中间看到一只新鞋,他想捡回去用,可是只有一只,他便牵着牛走过去了。

走了一会儿,他很奇怪地发现,又有一只新鞋掉在路中间,和刚才看到的那只正好是一双,不捡挺可惜的。于是他把牛拴起来,捡起那只鞋,然后赶紧跑到原来看到鞋子的地方。可奇怪的是,那只鞋不见了,他找了又找,一直到心灰意冷,最后还是没找到,只好回去了。

走到拴牛的地方,他发现自己的牛少了一头,他想顺着牛的脚印去找,可当时正是雨季,脚印没有了,于是男人只好回家,把这件事讲给自己的妻子听,妻子告诉他要小心点。

年轻人带着第一头牛去见了强盗头子,告诉他事情的经过,首领很满意,但还不想马上收下他,于是便让他再去偷一头牛,并且和上次一样不能有冲突,不能受伤,年轻人接受了命令。

第二天早上,那位牛的主人牵着剩下的两头牛像往常一样去放牛。在他路过灌木林的时候,看到路上有一根绳子。他觉得绳子没什么用,就走过去了。

牵着牛走了不一会儿,他听到路边的树林里传出牛叫声。这是他的牛在叫,刚才看见的那根绳子,原来就是他拴牛的绳子,他高兴极了,赶紧把两头牛拴起来,回去捡那根绳子,好回来拴那头被偷的牛。

他走到刚才看见绳子的地方,发现绳子不见了,找了半天也没找到,就回到他拴牛的地方,谁知又丢了一头牛。这时他才意识到自己又输给那个聪明贼了,没办法,他只得牵着剩下的那头牛垂头丧气地往家走。

年轻人带着牛去见强盗头子,强盗头子很满意,决定再试他一次,让他去偷第三头牛。

第二天一早,年轻人就准备好了,在路上等牛的主人。晌午时分,牛的主人牵着牛静静地走过来,他看见有个男人吊死在树上,吓得赶紧走过去。走了一阵之后,他到一棵大树下休息。这时,他看到又有一个男人吊死在树上。牛的主人有些疑惑,便走近去看,发现口袋里露出了一张纸条,上面说卖两头牛得的钱放在第一个上吊的人身上,他自己吊死在这里,是因为强盗首领不肯收他入伙。

牛的主人看了纸条很高兴,心想总算能拿回两头牛的钱了。他把牛拴好,马上往回跑,想到第一次遇见的那个男人口袋里去拿钱,可等他跑到一看,那个男人已经不见了,他意识到,自己大概又像前两次一样中计了,便赶紧往回跑。果不出所料,他的最后一头牛真的不见了。

强盗头子验证了年轻人的能力,封他做自己的副官,同时下令杀一头牛来庆祝,并把牛的主人请来参加宴会,牛的主人一看到年轻人就大叫起来:"就是他用计偷了我的牛。"

强盗头子点点头说:"是的,我们命令他去偷你的牛,他每一次都能把你的牛偷回来。记住,作为财产的主人,一定要好好地保管自己的财产,千万不能像你那样贪小便宜,为了给你一个教训,我下令杀了你的一头牛,其余两头牛还给你。"

年轻人加入强盗团伙以后,和首领全力配合,取得了多次胜利,抢到大量的金银财宝。最后,他建议强盗头子去抢皇城,如果成功了,他们就马上推举首领做国王。

强盗头子听了年轻人的计划,非常满意,决定下一次去抢皇城。于是他们开始准备大量的武器和工具，到了预定的时间，他们出发了。内线早已给他们打开了城门，他们轻轻松松就进了城，等所有的强盗都走进城后，城门被关上了，一时间，无数火把照亮了皇城。

强盗头子和他的喽啰们吓得几乎断了气，他们已经被皇家军队包围得严严实实，插翅难逃了。

就在众强盗发愣的一刹那，年轻人拔出剑，用剑尖顶着强盗头子的背大声向强盗们说："现在你们被包围了。我是志愿来抓强盗头子的，现在他已经被抓住了，你们快放下武器吧。"

强盗头子及其喽啰们走投无路，只好放下武器投降。国王看到强盗团伙被一网打尽，非常高兴。他命令士兵收缴武器，把强盗们都关起来。

第二天早上，国王审理强盗团伙的案子时，问年轻人："这些人应该受到什么样的惩罚？"年轻人回答说："这伙人罪当处死，但我恳请陛下原谅他们，因为……"

国王很迷惑，追问道："因为什么？"年轻人回答说："因为每个人都是国家的财富，应该充分利用这些财富。如果认为死刑是一种惩罚，那么这些人将没有机会报效国家了。因此，陛下应该原谅他们，放他们回去，教导他们为国家做些有益的事。"

国王觉得年轻人的话很有道理，便赦免了这伙强盗，让他们回去改过自新，行善积德，做个对国家有用的人。

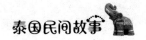

　　国王赦免强盗的消息一下子传遍了各地,人们纷纷称颂国王,而且每个人都很自豪,因为自己真正是个对国家有用的人。

阿多与阿卡

从前有兄弟二人,哥哥叫阿多,弟弟叫阿卡。哥哥富有,弟弟贫穷。因为死了爹娘,哥哥不肯养活弟弟,弟弟只好靠给人家放养一群大象为生。日子久了,一头老象看阿卡整天有一顿没一顿地过着清苦的日子,就很可怜他。一天,老象开口说话了:"阿卡,你把我的牙切下一根,摆放到家里去吧!"阿卡取下了象牙就摆在了他的破屋里。

说来奇怪,自从有了象牙,阿卡每天傍晚回到家中就有香喷喷的饭菜。阿卡想弄个明白。一天早晨,他假装出去做工,偷偷躲在门外探望着屋里的动静。过了一会儿,就见从那颗长长的大象牙里走出来一位袅袅婷婷的美女。这美女帮他料理家务,把屋子收拾干净了,又开始做饭、烧菜,饭菜做好就回到象牙里去了。阿卡心里高兴得什么似的,就盘算着应该找个空子把象牙丢掉,也好留住这个姑娘,跟她永远生活在一起。第二天,阿卡果然这么做了,姑娘就留下来跟他做了夫妻。

　　这件事很快传到了哥哥阿多耳朵里,阿多想:阿卡凭什么能有那么漂亮的老婆? 不行! 我得想办法把她抢过来。

　　阿多算计好了,就去找弟弟,对弟弟说:"阿卡呀! 你得帮我个忙,过海去做趟生意。跟我的伙计们一块儿去吧,很快就会回来。"一边又暗地里叮嘱伙计,"到了深海里,叫他在船边上刮椰子,找个机会把他踹到海里去淹死!"

　　伙计照办了,可阿卡掉进海里后并没有淹死,而是顺风漂到了一个小岛上。岛上住着一位修道仙人。仙人养着两条恶犬,看守着这个岛,一只叫"哎",一只叫"哟"。阿卡绝处逢生,趴在海滩上,自言自语地抱怨:"哎——哟! 哎——哟! 他真不该这么狠心地对待我呀!"

　　两只恶犬一听,这人口口声声叫着它们的名字,一定不是外人,就带他去见仙人。仙人把他的伤治好了,阿卡就想回家。仙人送他一条金船,又带上一些奴仆,阿卡就风风光光地开船回到了村子里。

　　阿卡回来的消息一下子传遍了全村,哥哥阿多一见弟弟没死,心里好生奇怪。问过阿卡才知道原来他遇到了仙人。阿多见霸占弟媳的诡计没有得逞,弟弟非但没死,反而发了财回来,心里又是气恼又是妒忌,就想自己也要去海岛上找到仙人。

　　阿多叫上伙计开船出海。到了海上,自己也蹲在船边刮椰子,然后让伙计把他踢下海去。果然他也没有淹死,顺水漂呀漂呀漂到了那个小岛上。正当他静静地趴在海滩上做着见仙人的美梦时，"哎""哟"二犬跑了过来，一见是个生人，并不认识，扑上去就把他咬死了。

——谁让他叫不出两只犬的名字呢！

国王的风筝

从前,有个穷人的儿子叫约得,生下来就和父母一起住在一个富翁家里。双亲去世后,他仍然留在富翁家服侍富翁和他的家人。

富翁的儿子宽受过良好的教育,而约得却没有机会上学,他每天埋头工作,以对得起每天挣的口粮。

一天,约得像往常一样进山打柴,他正砍着柴,一只风筝落到树枝上,约得砍断树枝,风筝掉了下来,结果完好无损。风筝很漂亮,上面的图案与众不同,约得想,这大概是写的字。

打满了一车柴,约得赶着车往富翁家走。快到家的时候,遇见了富翁的儿子。宽看到风筝的形状很特别,就拿起来看,并且问道:"这风筝从哪儿来的?"

"从天上掉下来的。"

宽仔细一看,上面写了字:"我是凤凰国国王,谁捡到这只风筝,谁就将成为我女儿的丈夫,请七日之内拿风筝来见我。"

宽想，约得不识字，一定不知道，于是他以主人的身份，把风筝拿走了。约得以为这是一只普通的风筝，不值什么钱，也没说什么。

宽得到风筝，高兴极了，他想只要献上这只风筝，自己就是驸马，当国王的日子也就指日可待了。于是，第二天一早，他就对富翁说："父亲，我要去凤凰国看好朋友，需要十几天的时间。"

"凤凰国那么远，怎么会有你的好朋友？"富翁问道。

"上学的时候认识的。我们的关系很好，所以我想该去看看他了。"

富翁不想扫儿子的兴，便同意了，但叮嘱儿子要带上仆人。宽带上仆人，骑马向凤凰城走去。

到了凤凰城，宽拿出风筝给守门的士兵看。士兵知道，捡到国王风筝的人便是要和公主结婚的人，于是毕恭毕敬地把宽送到住所。能受到这样的礼遇，宽更是满心欢喜。

第二天早上，宽奉旨去献风筝。

国王见到宽，问道："你是怎么得到这只风筝的？"

"它从天上飘下来，正好落在我面前。"

"那你就是我女儿的福星，我要把女儿许配给你。"

宽一听，高兴得简直要跳起来，他很想知道凤凰国的公主长的什么模样。这时，国王命令手下的人带宽去休息，好好地招待他。

宽的仆人该悟这时才明白，原来谁得到了这只风筝，国王就会把女儿许配给谁。不过,他一点儿也不为自己的主人高兴,因为来凤凰城之前,和他一样做仆人的穷小子约得曾告诉他,进山砍柴时捡到了一只风筝。

"这只风筝一定是约得和我说起的那只。"仆人心里这么想,但不敢开口问宽,怕受到宽的责骂,他觉得做主人的肯定是什么都能做,不管是对的还是错的。

宽一个人高兴还不够,还要拉上自己的仆人。

"你不为我高兴吗,该悟? 我要娶国王的女儿做妻子了,如果我不先死去的话,说不定还会当国王呢。高兴吗,该悟?"

"高兴。"该悟无可奈何地说。他看到自己的主人拿别人的东西去换取好处,十分厌恶,同时他又禁不住同情起自己的穷朋友约得来。约得要是识字,就会知道这只风筝会给他带来荣华富贵的。

第二天上午,国王下令召见宽。宽想国王大概是要告诉他举行婚礼的日期,便赶紧收拾打扮了一番,带着仆人一起进宫。

宽进到宫里时,已来了许多大臣。他四下瞟了瞟,希望见到美丽的公主,但没有找到,这时,国王发话了:"为了证实是不是你拾到的风筝,为了确认你是否应该做我女儿的夫君,我已经祈祷过了,捡到风筝的人能把盘里的箭举起来,从别人那里得到风筝的人永远举不起盘里的箭。去吧,你去举给我们看看吧。"

国王的话犹如晴天霹雳,宽顿时被吓得脸色煞白,这一切都没有逃过该悟的眼睛。

"去吧,如果你能举起来,我将在七日之内为你和我女儿举行婚礼。"

宽迫不得已,只好去举盘里的箭。那只箭看上去不是很大,可是宽怎么也举不起来。

"年轻人,现在请把事实真相告诉我吧,真是你捡到我这只风筝的吗？如果不是你捡到的,也没关系,我只想从你嘴里知道事实。"

"不是我捡到的,是我家的仆人捡到的。"宽坦白地说。

"这么说,是你欺骗了我,你要为此受到惩罚。"国王下令士兵抽了宽二十鞭子,然后就把宽放了,该悟这时乘机禀奏道:"我和捡到风筝的人是好朋友,来凤凰国之前,他告诉过我捡到风筝的事,但我不敢告诉陛下,怕受到惩罚。"

"好吧,那就请你领我的人去找他,一定要带他来见我。"

宽挨了打,又疼又羞,一被放出来就赶紧往家里走。该悟领着大队人马走在后面。

到了家,宽还在为自己愤愤不平,他不想让穷人的儿子得到好处,于是歹念顿生。

宽抢在其他人之前,找到了约得,当时约得正在干活。

"约得,别干了,跟我走。"

宽的吩咐,约得不能不听,他放下手里的话,跟宽一起走进树林。

"您叫我干什么?"约得疑惑地问。

"我想用蜂蜜做药。昨天我在林子里看到一个大蜂窝,一定有很多的蜜。"

约得信以为真,就跟着宽走,一直走到悬崖边。

悬崖边上长着一棵大树,树尖伸出去,下面就是奔流的大河,让人看了不寒而栗。

宽带头往树上爬,约得在后面慢慢跟着,见约得跟不上,宽呵斥道:"快点,别慢腾腾的!"

"蜂窝在哪里?"约得问。

"不就在那儿吗!"宽用手指着树顶说。

就在约得顺着宽手指的方向往上看时,宽乘机狠狠地推了约得一把,约得没有提防,掉到了河里。见此情景,宽大笑着说:"你就是有天大的本事,也回不来了。"

见约得被水淹没了,宽从树上爬下来,走回家。

回到家一看,该悟和御卫兵正和富翁说话呢,显然富翁什么都知道了。

"宽,你过来。"富翁叫道。

宽神色异样地走到父亲面前。

"你太差劲了,和一个穷孩子抢功。为什么不把实情告诉我?你知道吗? 你的所作所为有辱君威,罪当处死。这次是国王开恩,只让你受鞭刑,否则要满门抄斩的。"

宽静静地听着，一言不发。

"你不愁吃，不愁穿，日子过得这么好，还不满足，还这么贪心。像约得这样的苦孩子能有这样的好福气，是他前世修来的，你应该支持他、帮助他，而不是忌妒他，现在约得到哪去了？"

"我回来就没见过他，父亲，不知他到哪去了。"

富翁吩咐仆人去找约得，一直到晚上，也没找到。

"今天约得没到树林里去，上午我还看他在干活，他哪儿也没去，怎么会不见了呢？"富翁奇怪地说，而宽再也没来见父亲。

国王的士兵在富翁家里住了三天，约得还没有回来，他们只好回国了。

约得的好朋友该悟很纳闷，约得怎么会不见的呢？他出去找了又找，可连约得的影子也没找到。

再说约得重重地掉到水里，被水打昏了过去，等他醒过来时，已是筋疲力尽了。他顺水漂了很久，终于到了一个小码头，可这时约得已经没有力气爬上岸了。

在这附近住了一位隐士，码头就是他修来洗澡用的。

傍晚时，隐士来到码头，看见约得正倚着码头的木桩，便用劲把他拽上来。约得太虚弱了，一句话也说不出来。隐士仔细地照料着约得，一直到他缓过劲来。

到了隐士的住所，隐士问约得姓甚名谁，从哪里来的，约得便把事情的经过一五一十地告诉了他："……我不知道，为什么富翁的儿子这么恨我,竟然要害我。"

隐士掐指一算,就把约得的过去和未来了解得一清二楚,但他没有告诉约得详情,只是对他说:"我知道,将来你会出人头地的,但你曾有过罪孽,所以出身卑微。从今天起,你要开始学文化学知识,充实自己,这样你才能和今后的身份相符。"

约得半信半疑,就像做梦一样:"将来我会出人头地? 这是真的吗?"

从此,隐士开始教约得读书识字习武,还教他兵法和治国的方略。约得记性很好,人也聪明,三年之后,他变成了一个文武双全的人。

看到约得一切准备就绪了,隐士便把他叫到面前:"约得,你从老师这学会了一切,该去执行你的使命了。你要正确地执行你的使命,为百姓造福。"

隐士说完,便把写给凤凰国王的信交给约得。

"到凤凰国去吧,一切都会变好的。"

约得辞别了老师,向凤凰国京城走去。到了城门,约得告诉守城的长官,他要把老师的信送给国王。长官便把他送到王宫,国王读完信,知道了一切。他看着约得,觉得很满意,而约得却不知道老师的信里写了些什么,与他有什么关系。

"这就是老师给我送来的女婿吗? 真英俊啊。"

约得听了,不禁大吃一惊:国王这话的意思,难道要把女儿嫁给我吗？

国王停顿了一会,继续说道:"你失踪了很多年,是你曾经捡到过一只风筝,对吗?"

"是的,陛下。"

"富翁的儿子冒充捡到风筝的人,我就让他举箭,可他举不起来,说明他撒谎了。不管怎么样,为了进一步证实一下,明天我要再举行一次举箭仪式,如果你能把箭举起来,说明你说的是实话。"

到这时,约得才猜出,自己捡到的那只风筝原来是国王的。宽知道一切,想得到公主,就乘机把风筝拿来献给国王。可他撒了谎,举不起箭,才没有如愿。

约得很兴奋,他根本没想到要娶公主为妻。如果那时真是他把风筝送来的,他也不会和公主成亲的,因为当时他还是个粗人,连字都不认识。现在他变聪明了,老师教他的一切都是为了他做驸马准备的。约得自己也觉得自己很合适,虽然他出身低贱,可他有智慧,能配得上公主。

第二天,国王、王后和公主一起来观看皇家的举箭仪式。

约得拜见国王时,忍不住向公主望去。公主就像一颗耀眼的星星,美丽非常。公主也忍不住望着约得,四目相视,两个年轻人的心里都涌起了爱慕之情。

举箭仪式开始了,约得成功地把箭举了起来。

这时,国王宣布道:"这位青年虽然贫穷且出身卑微,但他的福

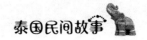

分不浅。我任命他做宰相,并且在七日之内和公主成婚。"

约得虽然做了宰相,和公主结了婚,以后还会当国王,却没有忘记富翁收留他的恩情。他有了钱就托人带给富翁,作为对他的报答,至于富翁的儿子宽,约得也原谅了他。约得相信,善有善报,恶有恶报。

阿佩智斗鳄鱼王

从前有一户人家,住在萨母巴干府一条大河边,靠捕鱼为生。父亲叫波瑞,母亲叫阿班,唯一的儿子叫阿佩。

空闲的时候,父亲喜欢讲故事给儿子听。他讲得最多的是鳄鱼王的故事,这条大鳄鱼叫千眼王,就住在他们家门前的大河里,手下有几十条鳄兵鳄将,个个凶猛无比。它们经常到岸边咬人,搅得百姓不得安宁。父亲常常讲这些给儿子听,目的也是为了提醒儿子要时时小心,不可大意。

转眼阿佩到了十二岁。有一天,父亲带着阿佩到河里捕鱼。阿佩在岸上,父亲站在河水里正要解网的时候,千眼王突然游了过来。父亲急忙向岸边游去,可是已经来不及了。只好反转身来,抽出腰间短刀与鳄鱼搏斗。千眼王被扎伤多处,但是,父亲最终还是被它叼在了口中。阿佩亲眼看到了这一切,把悲伤和仇恨深深地埋在了心底。

阿佩从此勇敢地挑起了家中生活的重担。除了劳作之外,他无时无刻不在想着怎样才能杀死千眼王为父亲报仇。一有空闲，他就到处去向人求教降伏鳄鱼的方法，了解千眼王的习性。到了十四岁时，阿佩已经非常了解鳄鱼的习性。一天，他请求母亲准许他去杀千眼王。可是母亲却千方百计阻止儿子："孩子啊！你还小，再耐着性子等两年吧！你现在还打不过它，万一失手，叫妈妈依靠谁呢！"

阿佩决心已下，就安慰母亲说："妈，您不必担心。我已经把它的习性了解得一清二楚，怎么对付它，我心中有数，保证不会有危险。我要用我的智慧去战胜它！"

母亲拗不过儿子，只好答应，并祝福他降鳄成功。阿佩跪倒，接受祝福，拜别母亲而去。

来到千眼王洞府附近的河岸边，阿佩仔细观察着河底的动静。那儿的水清澈见底，一眼就可以看到千眼王正在它的洞口睡觉呢！阿佩故意弄出很大的声响，把千眼王惊醒。千眼王睁开眼，看到了阿佩，然后又傲慢地把眼闭上。阿佩知道它在装睡，就对着河水大声地喊道："我是波瑞的儿子，叫阿佩。自从父亲死后，我和母亲再也没有吃到过鱼虾。今天千眼王和它的属下都睡着了，我正好趁机下河捉些鱼虾来。"

千眼王听了，立即命令喽啰们说："你们赶快游上水面，待到这小儿跳下水时，把他捉住，叼来见我！"

鳄鱼们纷纷离开洞口游上水面。这时阿佩向河中丢下一块大石头。扑通一声,引得鳄鱼们都朝那石头飞快地围拢过去——它们以为那是阿佩跳下河来。这时,阿佩却悄悄从另一个方向迅速潜下河底,把鳄鱼们在洞里藏着的美食——鱼、虾、蟹全部偷了出来,然后急急游上了河岸。阿佩放下鱼虾,大声对着千眼王喊道:"今天我能拿到这么多鱼虾,全亏弯尾巴鳄鱼的指点,谢谢啦!下次再见。"说完背着满满一篓的鱼虾回了家。

千眼王听了,气鼓鼓地点齐了所有的鳄兵鳄将,找出那只凶猛非常的弯尾巴鳄鱼,愤怒地把它杀了。

又过了几天,阿佩又来到河边,冲着鳄鱼洞大喊:"我是波瑞的儿子阿佩,现在我又要下河捕鱼了!"说着又朝河内扔进去一块大石头。

千眼王的喽啰们呼地拥上水面,向大石头落水的地方包抄过去。阿佩仍然从另一处水面迅速潜下河底,从鳄鱼洞中偷出许多鱼虾。待到上了岸,又大声喊道:"这回我得感谢大肚子鳄鱼了,多谢你的妙计,让我一下子得到这么多鱼、虾、蟹。"

千眼王听了,又气得不得了,抓来大肚子鳄鱼,就把它杀了。

阿佩用这种办法,骗得千眼王把手下凶狠的兵将一个个都杀死了,最后只剩下千眼王自己。

阿佩看看时机已经成熟,就去砍了两棵粗壮的竹子,截成三尺来长,又用防水布包了木炭和火柴,来到河边喊道:"我是阿佩,今天又来捉鱼了。千眼王上来咬我我也不怕,因为我母亲就站在岸上拿着枪等着呢,只要她一看到水中有血,就会立刻开枪射击,那时候死的就一定是千眼王而不是我。我怕的只是千眼王会张开大嘴把我一口吞进肚子,那我可就没救了。"千眼王一听,心想:我可不能咬他啊! 一咬,我就得挨枪子儿,还是把他一口吞进去的好。

阿佩带着两截竹杠、一包木炭和火柴跳进河里,千眼王呼啦一声张开大嘴迎了上来,说时迟,那时快,阿佩咔嚓一声用两截竹杠撑住了千眼王的嘴巴,又立刻打开防水布包把木炭塞进鳄鱼口中,点着了木炭。千眼王被烧得疼痛难忍,想逃回洞府,可嘴巴合不上,又不能潜下水底,只好仰着头向河边游去。阿佩骑在鳄鱼背上说:"你要是把我扔在这儿,我会感谢你,千万别把我带到西仑岛去。到了那儿,我可就活不成了。"

千眼王恨不得把阿佩立即弄死,当然忍着痛也要把他驮到西仑岛。

到了西仑岛的河滩上,阿佩放开喉咙大声地向岛上的人们呼喊:"大家快来帮忙啊! 我捉到大鳄鱼千眼王了!"

岛民们一听,纷纷提了扎枪、鱼叉赶到河滩上,大伙儿你刺我戳,一会儿就把作恶多端的千眼王扎死了。

人人夸赞阿佩的机智勇敢,都说他是传说中的伏鳄英雄格莱通再世。从此人们就把阿佩叫作"格莱①佩"了。

---

① "格莱"在泰语中是勇敢的意思。

金　蒲　桃

很久很久以前,有一个国王,他有三个儿子,其中最小的儿子叫罗摩。在国王的宫殿里有座御花园,花园里种着一棵特别的树,是从别的国家移植过来的。它的果实很奇特,国王给它取了个名字叫金蒲桃,因为它的果实是金色的。

有一年,金蒲桃树结了满满一树的果实,国王害怕有人来偷,就命人用铁网把金蒲桃围了起来,并铸上坚实的门。

可是有一天,国王到御花园看金蒲桃树,他吃惊地发现金蒲桃树上的果实少了许多,围住金蒲桃树的铁网也被弄破了。国王确信一定有人从空中偷走了金蒲桃,因为没有任何爬树的迹象,而且大门的钥匙也是由国王自己保管的,贼不可能从大门进来。

国王叫来了三个儿子,他对儿子们说:"孩子们,居然有小偷偷走了我心爱的金蒲桃! 我现在谁也不相信,只能靠你们三个了。你们三个轮流在这儿看守,直到抓住那个大胆的小偷,好吗?"

三个王子都答应了。第一天由大王子看守,大王子带着随身的宝剑，把褥子铺在金蒲桃树下，因为只有他一个人，而且吃得太饱，快到半夜的时候大王子就开始打哈欠了。他想小睡一会儿应该不会有什么问题，可刚躺下，立刻就睡着了，再睁眼时第二天的太阳已经照到他的身上了。他抬头一看，发现上面的铁网又破了一个大洞，金蒲桃又少了许多。当他去向国王禀告时，国王摇摇头，非常不满："这点小事都靠不住，你让我去靠谁？"大王子很沮丧，一句话都说不出来。

二王子自告奋勇地保证说，他决不会让小偷再偷走父亲的金蒲桃。当天晚上他带上宝剑，把褥子铺在金蒲桃树下。他决心一定要抓住偷金蒲桃的小偷。坐着坐着到了深夜，开始降下露水，天气凉爽舒适，二王子开始打起哈欠来。他想只睡一会儿小偷不会来的，但没想到当他再睁开眼睛时也已经是第二天早上了，阳光正暖洋洋地照在他身上。他抬起头一看，天啊！铁网又破了一个大洞，金蒲桃几乎快被偷光了。

"你跟你哥哥一样，根本就吃不了苦，看守时还带着褥子当然就睡着了，整天游手好闲一点都不踏实，我都想不出我死了以后你能靠什么生活！"国王生气地说。

"别再数落哥哥了，让我试试吧。我保证不再让小偷偷走您的金蒲桃。如果做不到，我甘愿让您砍掉我的脑袋。"罗摩开了口。

当晚，罗摩小王子带了一根绳子和一些布伦枣。布伦枣是一种带刺的植物，罗摩王子把布伦枣铺在他的座位周围，不管他往哪一个方向倒都会被布伦枣的刺刺着。到了半夜他非常困，不知不觉开始打起盹来。当他的身子向前倾时，就被前面的布伦枣狠狠地刺醒了。过了一会儿，当他再次打盹，身子向旁边一歪，又被狠狠地刺了一下，就这样罗摩王子一直保持着清醒。

当夜深人静时，罗摩王子听见从金蒲桃树上传来鸟儿拍打翅膀的声音，他抬头往树上看，瞅见一种很奇怪的动物弄破铁网钻了进来。当它靠近罗摩王子时，罗摩王子发现它原来是一匹有着翅膀的白马，它用嘴去咬金蒲桃。罗摩王子把绳子做成套索朝白马抛了过去，正好套住白马的脖子。罗摩王子拉着套索对白马说："小家伙，你从哪里来？为什么偷我父亲的金蒲桃？"

白马并不回答，只是走近罗摩王子，把脸颊亲昵地靠着罗摩王子，就像是罗摩王子养了很久的马一样。罗摩王子非常高兴，轻轻拍了拍白马的头说："小家伙，你让我的父亲和哥哥们很头疼。今晚你就在这跟我一块儿睡吧，明天早上父王一定会很惊讶，他绝对想不到小偷原来是你。不用担心，父王是一个心肠很好的人，他一定不会怪罪你的。"说完以后罗摩王子拉着白马让它躺下，白马便乖乖地躺在罗摩王子的身旁。

第二天早上，国王来到御花园，很惊讶地看见一匹有翅膀的白马躺在罗摩王子身旁，便问道："这匹有翅膀的白马是从哪里来的？"

"这就是偷金蒲桃的小偷。"罗摩王子回答说。

"什么？我们不相信这匹马是小偷。"其他两位王子感到难以置信。

这时白马开口说："相信他吧，我就是真正的小偷。"

"啊？"国王和两位王子吓了一跳。国王好奇地问："你会说话？告诉我你为什么要偷我的金蒲桃？是你自己吃还是送给别人？"

"不是我吃！我只吃草。我偷金蒲桃是为了献给我们那住在山顶水晶宫殿的公主。"

"你的公主？"国王怀疑地问，"哪一个国家的公主？为什么住在山顶的水晶宫殿里？"

"她是被魔鬼抓去的，现在正等人前去搭救。"白马回答说。

"怎么救法？"两位王子非常感兴趣，"公主漂亮吗？"

"我敢说，在这个世界上再没有比我们公主更漂亮的女子了。"白马自豪地说。

"我们可以去救她吗？"两位王子兴奋地问。

"谁都可以去试试，问题是要如何上山顶的宫殿。因为宫殿建在斜坡上，地势很陡而且还很滑。但只要你能到达水晶宫殿，踩一下宫殿外突出的部位，宫门就会马上打开。不过这意味着这个人必须是公主命中注定的丈夫，也就是说这是前世的姻缘。"

"既然这样就让我们试一试吧！请弟弟把这匹飞马借我们用一用。"两位王子说。

"我不反对。"国王说。

"我不同意。"白马说,"我只让我的主人骑我,我的主人就是罗摩王子。"说着话,白马走到罗摩王子身边用脸颊依偎着罗摩王子。

两位王子生气地说:"哼,你不让我们骑没关系,父王有的是比你好得多的马。"说完两位王子就向国王告辞,到马厩各自挑选了一匹上好的马,一起策马朝水晶宫殿的方向奔去。

到了山脚下,望着陡峭的山路,两位王子一时不知所措。想了半天才决定让马后退一段距离,然后策马飞快地冲上山顶。大王子决定先试一试。他往后退了一大段距离后拉紧缰绳策马冲了上去,可因为山路实在太陡,还没冲到一半距离马就翻了,连人带马一起滚到山脚下。大王子瘫在地上不停地呻吟,费了九牛二虎之力才站起来。

"你还要再试试吗?"二王子问,"如果你不再试的话我可要试了。"

"我再试一次。"大王子想到美丽的公主,便咬牙决定再试一次。但第二次的结果和第一次一个样,而且这一次还把马的腿给扭伤了。

"你的马比不上我的马。"二王子得意地说,"美丽的公主一定是我命中注定的妻子,你先休息一会儿,看我的吧。"话音未落,二王子就策马冲了上去,可没冲几步就连人带马一起摔了下来,比他哥哥摔得还要惨。

"什么公主,我不要了!哎哟,哎哟!"两位王子躺在山脚下不停地呻吟。

罗摩王子等了很久,一直没有听见两个哥哥的声音,于是他跨上白马的背,缓缓前行。到了山脚下,见两个哥哥正躺在地上呻吟,他便过去问是怎么一回事。两个哥哥没好气地对他吼道:"不用你管!我们是死是活都不关你的事!"

"为什么?我们是兄弟呀。"罗摩王子很伤心。

"哼,你以后别再叫我们哥哥了!"

"如果你们这样想,那就随你们的便好了,我先告辞了。"

离开两个哥哥,罗摩王子转身对白马说:"我们走吧,公主已经等了很久了。"于是白马张开翅膀,朝着水晶宫殿飞去。到了水晶宫殿,罗摩王子跳下马,走过去轻轻踩了踩宫殿外的突起部位,宫殿的门一下子就打开了,公主飞快地跑了出来。看到罗摩王子,公主害羞地低下了头,因为她知道,能够解开魔鬼的咒语打开大门的人,就是她命中注定的丈夫。

罗摩王子走过去轻轻拉起公主的手,温柔地凝视美丽的公主。他们深情对望着,心里充满了幸福。罗摩王子把公主扶上马背,自己也上了马,白马张开翅膀朝着家的方向飞去。

宝　　塔

泰国洛坤府首府塔翁区有座古老的佛塔,塔身高耸入云、巍峨壮观,只是塔顶有些残缺。洛坤人称它为"宝塔"。

关于塔的来历有个传说:很久以前,洛坤府就已是滨海城市,以其富庶繁荣闻名于世。城主笃信佛教,虔修十王道,做了很多善事。有位法术高超的魔王知道后就一心想与他比试法术。

魔王摇身一变,成了一个壮汉,然后便到洛坤府拜见城主。他对城主说:"听闻城主修行十王道,我特来与您比试比试,看看谁的法术更高明。"

洛坤城主问道:"嗯,壮士想比试什么? 快快请讲,我愿意奉陪。"

壮汉回答:"我们就比试造佛塔吧! 看谁造的更雄伟高大。从明天开始,三日为限。"

城主问他:"要是我赢了,您给我什么?"

壮汉高声应道:"你要是输了,你的臣民都得做我的奴仆;要是我输了，我们魔鬼就永远迁出贵邦，再不来犯。"

洛坤城主与大臣们一听，才知来者原来是魔王。城主答应了魔王的建议，可"谋事在人，成事在天"，输赢可就很难说了。

双方约定之后，魔王就离开了宫殿。诸位大臣则留下商讨造塔事宜，但商讨来商讨去也拿不出个主意，所以无法动工。

可是，魔王却已开始造塔了。仅第一天下来，就完成了一半；到了第二天，魔王又废寝忘食地干了一天。眼看塔就快造好了，只剩下塔顶和塔盖。

见魔王两天内就造好了大半个塔，洛坤府里人心惶惶。人人都怕沦为魔鬼的奴仆，于是进行了第二次商讨，最终统一了意见，开始造塔。

这时已是第三天上午。魔王一是很累了，二是也有些麻痹大意，以为城里的人完不成工程，便倒下休息，不知不觉睡着了。直到第二天魔王才醒过来，放眼往城里一看，他简直不相信自己的眼睛……城里居然伫立着一座新造的佛塔！自己辛辛苦苦忙活了几天，眼看就要大功告成，却意外地败给了人家。人家只用一天就完工了！魔王气不打一处来，一脚便往自己造的塔顶踹了过去。

由于魔王力大无比，塔顶被踢得粉碎。碎片竟飞到了十几里地以外的树林里，也就是现在机场附近的那片树林。

这一来，魔王造的塔就没有塔顶和塔尖了。魔王逃走了，再也没有回来，他留下的这座无顶塔则被称为"宝塔"。

其实,洛坤人造的塔是偷工减料的。塔身用竹子搭编而成,再用白布铺盖成塔面,所以建得很快,城里人都叫它"轻塔"。这座塔后来倒塌了。其遗址坐落在城墙附近,离洛坤府监狱不远。您要是到洛坤府去,一定能看到这两座塔,并听到有关它们的传说。

鳄鱼家族

从前泰国北部有一条神鳄,身长四十多米,名叫科君。科君身为百鳄之首,神通广大,北方一带,没一个能超过它的。科君有一个儿子叫恰拉万,也非寻常之辈。恰拉万有一妻一妾,妻名维玛拉,妾名乐莱婉。它们住在鳄鱼洞里的时候会变成人形,一出洞口就恢复鳄鱼的样子。

南方也有两只猛鳄潘达和潘旺。潘达为兄,潘旺为弟。南方百姓凡临水而居者均"谈鳄色变"。莫说百姓,就连北方的鳄鱼们寻食时误入南方的水域,也会遭到南鳄群起而攻之。北鳄们屡屡被欺,便向自己的首领科君告状。

科君闻言大怒,就叫恰拉万驻守洞府,自己去剿灭南鳄。科君唯恐自己巨大的身躯会吓着百姓,就变成了人形,站在岸上,等候搭船。刚好这时有一对老夫妇划船经过,科君就请求搭船,老夫妇同意了,科君就帮他们摇桨,一连走了十天,才来到了南鳄的水域。科君向老夫妇辞别时叮嘱他们说:"如果你们遇到什么惊险的情

173

况,不要害怕,只需把船停到岸边,看到鳄鱼游过来时,立即把姜黄撒到水里,鳄鱼就会被吓跑的。"说完,科君一下跃入水中,现出鳄鱼之身,摇头摆尾向远方游去,天地间随之发出轰隆的巨响。

南鳄发现有巨鳄前来挑衅,料定必是北鳄。于是,群起而攻之。一番厮打后,南鳄死伤无数。眼看不敌对手,南鳄急忙去禀告潘达。潘达震怒,亲自上阵与科君厮杀了七天七夜,但最终不敌对手,被科君打断了尾巴,咬断了脖子,丢了性命。

潘达的喽啰们见主子已死,赶紧去报告潘旺。潘旺为报杀兄之仇,立即浮上水面,与科君交锋。潘旺力薄,不敌科君,眼看要败下阵来,恰在此时被当地的守护神看见,出于同情,守护神想助潘旺一臂之力,于是坐到潘旺头上,使它力气大增。科君见状,甚是不服,责怪神仙不该偏袒心肠恶毒的潘旺。潘旺得意地嘲讽说:"你料定打不过我了,就胡说什么我有神仙相助。我是靠自己的力量,哪有什么神仙?"守护神一听,这妖孽毫无感恩之心,帮它何用?当即弃它而去。这一来,潘旺自然打不过科君,没几个回合就被科君杀死了。

潘旺一死,南鳄大乱。它们到处兴风作浪,残害生灵,搞得当地百姓无人敢下河洗澡或游泳。

当时有一个远近闻名的降鳄法师,名叫昆格莱。昆格莱看到鳄鱼们如此嚣张,心想不能坐视不管,决心消灭它们。他降鳄不几日,鳄鱼便死伤无数,纷纷躲藏起来。一天,它们聚集在一起商讨对策,最后决定投靠到守护神的门下。守护神提出一个条件:以后无论捉到什么人,都要先带到守护神庙门前来,由守护神决定该不该吃掉。鳄鱼们答应了。守护神又任命凶恶的大花鳄格伊才做它们的首领。格伊才也是一条凶残的鳄鱼,它能把人从岸上活生生地拖到河里吃掉。

昆格莱知道格伊才的厉害,决心制服它,不想却败在了它的手下,被格伊才擒到守护神的庙前,听候裁决。守护神知道昆格莱的大限已到,无力回天,又不忍心让他的家人见不到他最后一面,于是便命格伊才把他叼回家去。昆格莱从鳄鱼口中滚落下来,踉踉跄跄地走进家门。一见妻子就告诉她说,自己怕是难以活命了,希望妻子好生抚养他们的孩子格莱通。说完便咽了气。

昆格莱死后,他的妻子一心抚养格莱通长大成人,尽心地教他学会了降鳄的全套本领,使他的名声不在父亲之下。

再说披吉城里有一位富翁,生有两个女儿。长女叫珠船儿,次女叫金船儿。一天,姐妹俩带着用人到河里戏水。刚巧恰拉万游出洞府,到水面上觅食。他看到这两个姐妹,心生爱慕,想强占为妻。于是趁人不备,一口叼了金船儿,拖进了洞府。他的妻妾维玛拉和乐莱婉一见这情景,醋意大发,与恰拉万争吵不休。

金船儿的父亲得知女儿被鳄鱼叼了去,悲伤不已,急忙叫家奴备船,下河打捞女儿的尸骨,可是,怎么也找不到。富翁于是又四处张贴告示,悬赏寻求降鳄高手。一时间,各路高手纷纷前来应召,却无一个可以捉到恰拉万。富翁于是把赏金增加到千两白银,并许诺将长女珠船儿许配为妻。

格莱通如今已是十八岁的英俊青年。他看了告示,便去找自己的师父——空法师,表明自己想去降鳄的愿望。师父为助他一臂之力,赠他一杆由七种金属制成的长矛、能劈水开道的蜡烛和一帖咒符。格莱通找到了富翁,双方达成了协议。格莱通于是设起祭坛,念起咒语,请天神唤出恰拉万。

恰拉万刚在洞中做了一个噩梦,梦见身边起了大火,天神下界,把他的身体劈成了两段。一惊之下,从梦中醒来,恰拉万将此梦说与妻子维玛拉。维玛拉劝他去找祖父拉穆伯解梦。拉穆伯推算了一番,告诉恰拉万将有降鳄法师前来降伏他,孽因是他抢了一名人间女子。恰拉万一听,心中不快。回到洞府,命人搬来石头,堵住洞口。自己则躲在洞中。可是,随着格莱通的咒语越念越急,恰拉万再也忍不住了。他大喝一声,破洞而出,要与格莱通一决雌雄。曾经杀人无数,不可一世的恰拉万,此时被格莱通的咒语所制,哪里还是格莱通的对手?只招架了几个回合,便落荒而逃。这是他平生第一次败在别人手下,羞愧难当。情急之下,他来到拉穆伯的洞府请求容他藏身。谁料拉穆伯一口回绝,恰拉万只好又回到自己的洞中。

再说格莱通看到恰拉万逃往水底,就放出一盏水灯,这水灯漂呀漂呀,最后停在一处水面上。格莱通一看,知道这水面下就是恰拉万的洞府了。于是又点起劈水开道的蜡烛,举在手里,眼前的河水立刻分出一条道路直通恰拉万的洞府。

格莱通与恰拉万一场激战之后,将恰拉万击倒在地,使他现了原形。格莱通把神符贴到鳄鱼头上,返身去找金船儿。找到了金船儿,格莱通叫她骑在鳄鱼身上,命令恰拉万将她送上河岸。

金船儿自从被救出洞府,一直不能开口说话,她的父亲十分焦急。格莱通知道她是中了邪,就告诉富翁,必须杀了恰拉万,金船儿才能开口说话。富翁请来乡亲们,叫大家一起劈砍恰拉万。然而,不管众人怎样刀劈斧砍,都奈何不了它。格莱通这时猛然想起师父赠予的长矛,于是拿起来,用力向恰拉万刺去,一下子就结果了它的性命。金船儿果然能开口说话了。

富翁实现了诺言,把他的两个女儿嫁给了格莱通,并为他们举行了婚礼。婚后,三人生活得很是幸福。直到有一天,格莱通突然想念起住在鳄鱼洞里的恰拉万的老婆维玛拉和乐莱婉。一时按捺不住,他就骗珠船儿和金船儿说:"自从杀死了鳄鱼,我总感到有鬼魂缠身,不得安宁,须找师父消灾。"妻子信以为真,便答应了。格莱通又来到码头,手举劈水开道的蜡烛,径直来到恰拉万的洞府。

维玛拉见是格莱通,想起杀夫之仇,拼死不从。格莱通念起迷情咒,维玛拉不知不觉变得顺从起来。一晃半年过去了,格莱通才想起家中的妻妾。于是与维玛拉商议,要带她回人间居住,维玛拉只得应允。二人来到岸上,格莱通把维玛拉安排到果园的草棚中,自己常常去那里与之幽会。

没过多久，这个秘密就被看果园的老夫妇发现了。他们告诉了珠船儿和金船儿。两姐妹一听，带着女用人直闯草棚，见到维玛拉，开口就恶言相向，继而拳脚相加，打得不可开交。维玛拉见对方人多势众，自己无力招架，便现出了鳄鱼原形，朝对方扑咬过去。珠船儿、金船儿见状，慌忙逃走。维玛拉也趁势跳进河中，游回了洞府。

格莱通自从失去了维玛拉，整日神情恍惚，胡言乱语。为了能再去洞府相见，他就又骗妻子说："维玛拉被赶跑，一定记恨在心，日后，你们姐妹下河戏水，定会遭她报复，不如我去向她解释一番，免生后患。"姐妹俩一听，言之有理，就放他去了。

格莱通先去拜见了师父，师父教导他，做人应以忠厚为本，应善待自己的妻子。格莱通谢过师父，又来到码头，依旧用神烛开道，来到了洞府。

维玛拉此时正在洞府自言自语，一会儿咬牙切齿地说要把珠船儿和金船儿咬烂撕碎吃进肚里，一会儿又诉说对格莱通的思念之情。格莱通偷听见这一番话，疾步上前，把维玛拉抱到怀里，百般抚慰。维玛拉埋怨一番之后，也就平静下来，与格莱通和好如初，二人在洞里一住又是一年。

珠船儿和金船儿见丈夫一去一年不归，心里焦急，就去找格莱通的师父。师父打坐入定一看，就知道格莱通的法力已日渐衰落，若再荒废下去就会变成鬼魂了。于是决定帮珠船儿、金船儿把丈夫找回来。

师父施展法力，劈水开道，径直闯入维玛拉的洞府，二话不说，把一张咒符往格莱通的额头上一贴，拽着他冲出洞府，浮出水面，径直带到自己的寺庙里。格莱通被神符所降，一直昏迷不醒，直到师父用法水将他唤醒。听师父讲述了救他的经过，格莱通又一次认了错，随妻妾回家去了。

不久，珠船儿和金船儿先后生了两个儿子。长子取名格莱浩，次子取名格莱达。孩子稍大一些后，格莱通就将两个儿子送到自己的师父那里去学艺。

巧的是，鳄鱼洞中的维玛拉和乐莱婉也为格莱通生了两个儿子，维玛拉之子名叫格莱翁，乐莱婉之子名叫格莱威。他们长大后拜拉奥为师，修习武艺。两个孩子长到十四岁时，开始疑惑为什么自己的母亲是鳄鱼，而自己却是人身？一直没有见过自己的父亲的孩子们又开始琢磨他们的父亲在哪里。于是，他们找到师父，询问缘由。拉奥便把事情的前因后果告诉了他们。时光飞逝，格莱翁与格莱威此时已学成武艺，就要拜别师父拉奥了。临行前，师父将两颗利齿送给他们每人一颗，叫他们收在身边，可保刀枪不入，逢凶化吉。

格莱翁、格莱威回到母亲身边后不久，就开始商议把父亲带回母亲的身边来。主意已定，二人便趁母亲熟睡之机，偷偷游上岸来,潜入格莱通的家中,施展催眠术,见众人着了法术后,哥俩扛起父亲回到了洞府,把父亲放到两位母亲的身边。维玛拉和乐莱婉一觉醒来,发现丈夫突然回来,惊喜交加,急忙推醒丈夫,又不免一通抱怨。格莱通看着眼前的一切,心中很是纳闷,见两个女人怨言不止,就顺水推舟,说是因为想念她们,所以回来探望。

却说珠船儿、金船儿昏迷后醒来不见了丈夫,吃惊不已,命家人各处寻找也不见踪影,只得叫儿子格莱诰、格莱达去向师父求助。师父用神力一推算,知道是被维玛拉和乐莱婉的两个儿子带了去,就如实相告。格莱诰、格莱达一听,怒火中烧,向师父要了开道神烛,辞别了母亲,去洞府寻父。

二人来到洞府,正碰见自己的父亲与维玛拉在一起,就冲上前去与维玛拉争吵起来,指责她不该指使自己的儿子去抢走父亲。维玛拉也反唇相讥,双方争得不亦乐乎。

格莱翁与格莱威在洞中听到吵闹声,便赶来察看,一见母亲受辱,岂能坐视不管?哥俩上去护住母亲,与格莱诰、格莱达揪打起来。维玛拉眼看自己的儿子就要吃亏,忙现出鳄鱼原形上去助阵。洞里的大小鳄鱼也一窝蜂地拥上来。格莱诰、格莱达见势不妙,急忙逃出洞口。鳄鱼们紧追其后,慌忙中格莱诰手中的开道神烛突然熄灭,兄弟二人拼命划水仓皇上岸,险些丧了性命。

上岸后,二人立刻去找师父。师父听完他们的讲述,知道事情越闹越大,自己若不出手相助,恐被鳄鱼耻笑无能。于是将一根神月棒和两支降鳄戟赠予他们,并嘱咐说:"这神月棒入水可变鳄鱼,并且它的本领比鳄鱼高强许多,你们可骑它到洞府再战。"

兄弟二人领了师命,骑着神月棒变成的鳄鱼,二次下水府再战。鳄鱼一见,纷纷包围过来,可这次却被降鳄戟打得死伤无数。剩下的残兵败将急忙逃回洞府,向格莱翁、格莱威报告。二人听罢,急忙骑鳄出洞迎战。结果也被降鳄戟打伤,肠子都流了出来。他们二人狼狈逃窜,径直去找师父拉奥。拉奥一看徒弟身上被降鳄戟打伤的伤口,便知道那降鳄戟上有毒。拉奥念咒为他兄弟二人驱毒后,怒气冲冲地杀了出来。拉奥使出浑身解数,却仍然不敌神月棒和降鳄戟的威力,最后,只得使出杀手铜——口喷热浪,把水底烧得沸腾起来。格莱诰、格莱达忍受不住,只得退走,再找师父求教。空法师听说拉奥如此伤害自己的徒儿,气恼无比,立刻身涂神油,腰系武器,手拿长矛,来到码头。他口念咒语,水中立刻分出一条道来,引他下到河底与拉奥决战。那拉奥虽是刀枪不入之身,却也难免有失。当他张开口向空法师咬去时,空法师挥刀一割便斩下了他的舌头。拉奥败逃而去。空法师来到洞府见到格莱通和维玛拉,对他们晓之以理,使格莱通明辨是非,又劝维玛拉放走格莱通。

拉奥牢记着断舌之耻,时刻伺机报复。格莱翁、格莱威也在一旁怂恿,发誓要杀死空法师。一日,他们来到岸上,拉奥化作人形,潜入空法师的住所,趁其熟睡之机举刀便砍。幸好空法师也是刀枪不入之身，被这一砍，惊醒过来，抓起身边的武器抵挡，二人厮杀在一起，不分胜负。最后，空法师吹了一口法气，法气在空中化作一条法绳，把拉奥绑了起来。拉奥拼死挣脱，匆匆逃出了寺庙，带了格莱翁、格莱威跳下河去。

拉奥再也无脸去见自己的众弟子。便告诉格莱翁、格莱威自己决定从此在河道四处云游，再也不回洞府了。

再说格莱通回到珠船儿、金船儿身边，日子安稳下来，就想为长子格莱诰讨一房媳妇。他们看上了昆兰的女儿赛玉，派人向昆兰求亲。昆兰答应下来。双方商定四日后成亲。不想，平地又起风波。那天，赛玉突然想到家门前的河水里戏水。正当她与伙伴在水中捉迷藏时，拉奥带着他的两个徒弟游过来，把赛玉一口衔了去。

昆兰听说女儿被鳄鱼衔了去，立刻去告诉了格莱通。格莱通急忙去找师父卜卦查找赛玉的下落。师父定心一看，说是被拉奥衔去了。格莱通要去报仇，师父怕他打不过拉奥，就随他一同去追寻。师徒二人不知寻了多少个河底洞穴，才终于找到了拉奥师徒的住处。师父叫格莱通下去，自己则在洞口守候。格莱通一进洞便看见格莱翁在调戏赛玉。他又气又恨，上前责骂儿子不该强占兄长的未婚妻。格莱翁狡辩说，哪里是强占？分明是赛玉失足落水，被他救了起来。格莱通不信，命他送还赛玉。

拉奥听见父子反目，趁机挑唆道："格莱通身为人父，对待自己的儿子不该偏心。赛玉既是格莱翁所救，就应该嫁与格莱翁为妻。"格莱通一听，更为恼怒，指责拉奥："你居心不良，把事情越弄越糟。这回定要给你个颜色看看！"一句话没说完，挥刀便砍，与拉奥打了起来。激战之中，格莱通瞅了个空当，一刀刺中拉奥的咽喉，拉奥当场气绝身亡。格莱翁、格莱威见师父已死，自己失去了靠山，只得乖乖向父亲认罪请求宽恕。格莱通原谅了他们，又教导了一番让他们改邪归正，待办完了格莱诰的婚事，再来看他们。二子听命，格莱通就带着赛玉出了洞，告诉师父拉奥已死。三人上了岸各自回家。一切就绪后，为格莱诰和赛玉举行了婚礼。

拉奥死后，托生为海妖，心中仍记挂着他的两个徒儿。一日，他找到徒弟俩，讲述了自己托生的经过，嘱咐徒儿，日后若有难，尽可来找自己。

格莱翁、格莱威在洞中日久，心中烦闷，便辞别了母亲，上岸来游玩。他们来到米廷拉国。国王托萨猜和王后玛利有一个女儿名叫恰维婉，年方十五。格莱翁爱上了恰维婉，却又不知如何行事，就去找师父海妖商议。海妖听罢想了一想说："明日我上岸故意去闹事，国王定会征招勇士降妖。你可趁机去应征，我假装败在你手下，这样一来，你定会如愿。"格莱翁闻言大喜，就与格莱威上岸去等候时机。

海妖果然每天上岸，在米廷拉国四处抓人。托萨猜国王心急如焚，命人张贴告示，招募勇士降妖，并允诺如能降得妖怪，便把王位让与他。

告示一贴出，格莱翁、格莱达都来应征，二人争执不下，托萨猜便命二人一同前往。格莱达先战，若败，格莱翁再战。到了战场，格莱达一举斩下海妖的头颅。格莱翁、格莱威不依，二人又厮打起来。大臣们劝解不开，就叫他们到国王面前去评理。面对国王他们各执一词，国王也难断是非，只好封他们两个同在朝为臣。那海妖却白白送了一条性命。

有个锡兰国国王听说托萨猜国王的女儿恰维婉公主美貌非凡，就派使臣前来下书求婚。托萨猜不答应，锡兰国国王恼羞成怒，发兵围攻城堡，恐吓说："若不应允，必发动战争。"托萨猜心中害怕左右为难。格莱达、格莱翁力主出战。托萨猜则命格莱翁为先锋，格莱达为主帅。格莱翁与锡兰国王交战不多时便败下阵来。格莱达急忙截住锡兰国王再战。正当二人打得不可开交之际，格莱翁从背后偷袭，一刀砍下锡兰国王首级。格莱达不服，指责格莱翁手段卑鄙奸诈。格莱翁则说自己刚才并非败走，实乃诈败。二人争吵不休。格莱翁提了敌人首级去见国王。托萨猜国王不胜其烦，决定派二人各守一城——格莱达镇守尖达巴提，格莱翁镇守尖达布里。从此各不相干，平安无事。

忘恩负义的狗

从前,猎人带着一群猎狗进山打猎,可是其中的一条狗迷了路,在山中转来转去,转了好几天,还是找不到回家的路,那条狗也累得皮包骨头、奄奄一息。最后,它见到一座修道士的庙宇,就爬了进去趴在修道士的面前。修道士见它十分可怜,赶快拿来食物让它吃,从此,这条狗就忠诚地陪伴在修道士的身边。

修道士见它十分忠诚,就想把它变成人,一来可以更好地照顾自己,二来也可以在闲时有个伴儿聊聊天。

于是修道士把那条狗带到房后,那儿有一个水池,当有东西越过水池时,只要一念咒,想让它变成什么都会如愿以偿。修道士先到了水池对面,然后让那条狗也游过来,它刚上岸,立即就变成了一个英俊的小伙子。此后,小伙子每天进山给修道士摘果子,精心照顾他的生活,修道士也教给他各种各样的技艺。

后来,修道士观天象发现,这个小伙子有成为城主的福分,自己不应该把他留在身边,于是就把小伙子叫到身边,说:"孩子,你已经和我在一起很久了，应该出去闯荡闯荡了。"

小伙子拜倒在地说："我不走，我不想离开您，我要一辈子服侍您。"修道士笑道："你没法和我一直待在一起，走吧，每个人都有天命，这是无法抗拒的，你一直向东走，一定会有所作为的。"

小伙子辞别修道士，按照修道士的指点向东走去，这样漂泊了好几个月，终于在一天傍晚来到了一座城前，但是城门已经关了，他只好在城外的亭子中露宿。这时，城主刚刚死去，而城主只有一个女儿，没有儿子来继承城主的职位，大臣们就决定：找一匹最难以驯服的野马，谁能驯服它谁就是新的城主。这匹马被放出后，全城的百姓都来骑它，但是都被它踢得非死即伤，因此再也没人敢骑它了，于是这匹马一路狂奔，冲出城去。

第二天，这匹马跑到了城外的亭子附近，小伙子听到人们嚷道："谁能把它制服，谁就可以做新的城主。"于是小伙子也想去试一试。他回到亭子中，拿上修道士所给的器具，心中祈求着修道士的保佑，然后来到亭子的栏杆处，正好那匹马跑了过来，小伙子一跃跳上马背，野马上蹿下跳，拼命要把他给掀下来，可是小伙子牢牢地趴在马背上，用鞭子猛烈地抽它，最后野马筋疲力尽，只好服服帖帖地听从小伙子的驾驭。

小伙子骑着野马来到城中，大臣和百姓们纷纷欢呼起来，因为小伙子是一位真正的能人，驯服了全城的人都无法驯服的野马，大家一致推举他为新的城主。

　　小伙子成为新城主后,精心治国,使国家迅速强大起来,举兵征服了很多附近的小城,使它们都成了本城的藩属。新城主的威名大振,敌人听后都魂飞魄散,老百姓也很想知道:新城主是哪里的人? 父母是谁? 为什么他如此圣明英武? 但是,没有谁知道任何消息。

　　新城主听说后,很是不快,他担心如果人们知道自己的前世是狗的话,一定会蔑视和奚落自己。想来想去,他想到:知道自己历史的人只有一个,那就是修道士,如果杀掉修道士,就不会有任何人知道自己的过去了。

　　他就这样下定了决心,于是,新城主就带上心腹随从,骑上马去找修道士。修道士看了天象,知道城主是来杀他的,但仍装作一无所知。见到城主后,修道士首先祝贺他治国有方,然后说道:"孩子呀,我现在真是不想活了,越老越没意思,真想一死了之。"他停了停,叹口气说:"唉,可是想死也死不了,因为没有什么武器能杀死我,想让别人帮忙,但他若不知道方法也不行,因为要想杀死我,必须游过屋后的水池,拿来那把宝剑才能杀死我……唉! 可是又有谁敢过去拿那把剑呢!"城主听后大喜,马上从房中退出,来到屋后,游到水池对岸,那儿果然有一把宝剑,他高兴地一把抓起剑就往回游。

　　可是,城主一爬上岸,就马上变回了以前的猎狗,城主的随从大惊失色,就向修道士讨教,听修道士把实情告诉他们以后,随从叹息道:"天啊! 人们总是担心子虚乌有的事情,以致忘乎所以,竟然要杀死自己的恩师,这种人变成以前的样子也真是罪有应得。"

人类的智慧

在船还没有被发明出来以前，有一天，一个男孩儿站在河边，看到远处漂来半个椰子壳，椰子壳里的一只蚂蚁安然无恙，心中就想：要是把木头凿成半个椰子壳的形状，人坐在里面是不是也不会被淹死了？

男孩儿回到家里找来一段木头，凿成半个椰子壳状，然后找人抬到河边，推进河里。当天无风无浪，河水静稳。男孩坐在里面又想：这样怎么才能漂到对岸呢？这时候忽然看到河边正游过来几只鸭子，仔细观察，原来鸭子是用扁平的脚掌不停地划水才能前行。男孩受到启发，觉得如果坐在里面用两块扁平的木板划动水流也应该可以向前行进。

男孩就回家找来木板，制成扁平的、带手柄的桨，带回船上一试，果然船行进得快了些。划着划着，无意中又瞥见一簇烟梦花从水上漂来。仔细一看，原来是因为高耸挺直的花茎上有几片叶子被风催着向前飘动。受此启发，男孩又有了主意。他回家拿了一

大块布,两边缝成可以插进竹竿的圆筒状,缀上绳子,插进竹竿,布面可以上下移动。男孩把它卷起来扛回船上,把竹竿固定在船中央,等布升起来时,风吹着布面,船就可以借助风力推动很快地前行了。男孩坐在船上,看着自己的杰作,高兴极了!

这时候有一头狮子和一头大象,一直在观察着男孩的举动。狮子看到男孩成功了,就对大象说:"人类真聪明!我们都没看出来风还可以利用,他们就能看出来。既然连风他们都能利用,还有什么是人类不能控制的呢?"大象说:"是啊!人类是真聪明。"狮子说:"如果这样,你不担心早晚被人类捉了去吗?"大象傲慢地说:"他们个头那么小,我一脚就能把他们踢扁!"狮子还是担心,就说:"我们最好还是到深山野林里去住,躲开人类吧。"说完,径自往山林中走去。大象不肯走,最后就被人类捕去替人类干重活了。

为什么动物和树木不会说话

古时候,不论是树木、昆虫,还是其他动物,只要是有生命的东西都会讲话,因此它们受了什么委屈,都会报告创造之神——梵天。梵天就会根据事实进行裁定。

很久以后,树木、昆虫、动物和人类都繁殖得越来越多,从前充足的住处和食物显得越来越少,到处都一片混乱,所有的生命都只顾自己。互相争斗、互相伤害的事情随处可见。

那时,天下都相信梦是一种预兆,如果要发生什么事情,一定会通过梦告诉当事人,而每人做的梦也一定会实现。老虎一直想吃大象,因为一头大象的肉够吃好多天的,但是又害怕自己斗不过大象,老虎冥思苦想,一天终于想出了一个好办法。

第二天,老虎去拜见梵天,说自己做了一个梦,求他帮助自己实现,梵天问道:"你做了什么梦? 赶快说出来。"老虎说:"勇敢的大王啊,我昨天梦到我把大象吃了,请您做主。"梵天命令把大象召来,说:"老虎昨晚梦到它把你吃了,所以,我命令你,现在就让老虎吃掉。"大象听了大惊失色,它恳求说自己还有正在吃奶的孩子,能不能死前再去看它一眼。

梵天同意了,准许大象回去给孩子喂奶并做最后的告别。回家的路上,大象伤心极了,哭得泪流满面、声音嘶哑。猫头鹰看见了,十分奇怪,大象就把事情告诉了它,并恳求猫头鹰帮帮自己。

猫头鹰想了一会儿,答应了大象,让它先回家给孩子喂奶,然后到这儿会合,大象赶快回家喂完了奶,回来找猫头鹰。猫头鹰跳上象背,与它一起去见梵天,进了殿堂后,大象赶快跪伏在地说:"大王,我回来了,随时听候您的吩咐。"

这时,猫头鹰还在象背上酣睡,没有向梵天致敬,梵天看到后,十分生气,怒斥道:"猫头鹰,好大的胆子!竟敢坐得比我还高,而且见了我也不施礼!"猫头鹰吓了一跳,从象背上跳下来,跪在地上说:"尊敬的大王,我只是睡过了头,不是故意要侮辱您。而且我还做了一个梦,梦到您把王后送给了我,求您做主,现在就把王后送给我吧。"

梵天听后,更加恼怒了,如果真要答应它的请求,就会失去王后,于是,他大声说:"出去,滚出去,我不懂你说什么。今后,无论谁做什么梦,我都不相信!因此你的和此前所有人的梦统统不算,全都是胡说八道,没有任何效力。"

天下有太多的动物和树木,如果不采取什么措施的话,批评指责梵天的话一定会满天飞,于是,梵天念咒说:"从今以后,即使动

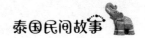

物和树木有嘴巴,也要让它们不会讲话。"因此,所有的动物和树木再也不会说话了,只有我们人类没有受到梵天诅咒,可以自由自在地说话、做事。

由于猫头鹰曾经救过大象的命,所以北方人还给它起了另一个名字——"象鸟",而且一直沿用至今。

聪明的兔子

从前有一个故事,说的是阿公和阿婆出去打柴回来的路上,遇到一只小小的鳄鱼。阿公怕它饿死,就叫阿婆把它抱起来,带回家喂养。阿婆抱起小鳄鱼,放在牛车上,怕它掉下来,又用绳子捆绑结实,就这样带回家了。

开始把它养在一只小小的缸里。小鳄鱼一天天长大,水缸换了不知道多少个,鳄鱼还是觉得憋得难受,就抱怨阿公、阿婆说:"你们这样虐待我,真是不像话! 不如我把你们吃掉算了!"

阿公、阿婆一听吓得要命,就去找人来评理。结果却没有人能说服鳄鱼。一只小兔子经过,问明缘由说:"我可以给你们评理。"

兔子问鳄鱼:"当初你是怎么来到阿公、阿婆家里的?"鳄鱼就把经过一五一十地说了一遍。

小兔子说:"他们把你绑在哪个牛车上?"

鳄鱼说:"喏! 就是院子里这辆。"

"好,那就请你把当时的情形演示一遍,给大家看。我自有公断。"

鳄鱼就让阿公阿婆把它抬上车,像当初一样用绳索绑在车上。阿公一边捆,它还一边说:"那天捆得比现在还紧呢,差点儿把我勒死!"

兔子就让阿公再使劲儿勒勒,一边问鳄鱼:"是这样紧吗?"

"比这更紧!"鳄鱼愤愤地回答。

"好! 再狠劲儿勒!"兔子说。

"再勒!"

"再勒!"

终于,鳄鱼被勒死了。

鼠姑娘择夫

有一个鼠姑娘和爸爸妈妈生活在一起。爸爸妈妈见女儿长大了,就张罗着给她找婆家。

"你想要嫁个什么样的夫婿呢,我的宝贝女儿?"鼠妈妈问。

鼠姑娘一言不发,就向洞外跑去。妈妈在后边跟着。跑到太阳地里,鼠姑娘指着天上的太阳说:"我要嫁给太阳。太阳是世界上最勇敢最了不起的。它能照耀万物。"

一语未了,一朵乌云飘来,把太阳遮住了,可太阳一点办法都没有。鼠姑娘一看,立刻改变主意说:"我想嫁给乌云。"

一言未尽,一阵大风吹来,登时把乌云吹散了。鼠姑娘又说:"风最厉害,我要嫁给风。"

话音刚落,见大风吹到一堵墙上,墙却纹丝不动,大风只得甘拜下风,停息下来。鼠姑娘又改变了主意说:"噢,不!我要嫁给墙,还是墙最厉害。"

刚说完,却瞥见一只强壮的老鼠小伙儿正在墙角挖洞,不一会

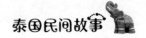

儿,墙就被打穿了。鼠姑娘想来想去,最后还是决定嫁给了那只强壮的老鼠。于是,它们子子孙孙绵延不绝。

老虎为什么嗷嗷叫

很久以前,森林边的小茅屋里住着一家三口。森林里有很多野兽,为防止野兽袭击,他们便把房子建成高脚屋状。

一天晚上,孩子在睡梦中哭了起来。父母两人忙安抚他。父亲轻拍他的背,嘴里哼着:"当对蒙①、当对蒙……"

孩子听着催眠曲又进入了梦乡。

之前,有只斑纹大虎正好经过。听到高脚屋底下传来牛儿的叫声,它顿生邪念,悄悄混入牛群中。这晚月色昏暗,牛儿看不清楚老虎,以为是同类,便不害怕。老虎听到催眠曲,心里很高兴,以为唱催眠曲的就是当对蒙。它躺在牛群里听催眠曲,不知不觉就睡着了。

天色微明时分,一个小偷从屋外经过。听到高脚屋底下传来小牛的叫声,他心中一动,便走了过去。他盘算着最少也得弄走一

---

① 当对蒙:一种动物。

198

头漂亮的牛。

决心一下，他便摸入牛栏。由于天色未明看不清东西，他只好用手一头一头摸过去，直到摸到老虎。小偷心里一阵窃喜，这头"牛"膘肥体壮。他忙从门上解下主人用来拴牛的绳子，拴住老虎的脖子，把它牵了出去。

老虎不明白这人为什么如此大胆，竟不怕它，于是决定忍一忍，看他有什么花招。

天快亮了，天边已闪现出灿烂的金色光芒，黑暗被渐渐驱散了。小偷牵着老虎急匆匆地往前赶，一门心思想摆脱主人的追踪。他转过头来，想看看那只"牛"能否跟得上自己的步子。一看之下才发现：自己一直牵着的根本不是牛，而是老虎！他大惊失色，跟跟跄跄地后退了几步。老虎发现他原来害怕自己，便张开血盆大口，作势要咬。

小偷恢复了理智，大胆嚷了一句："别咬我，你是人！你想不想知道自己前生的故事？"

老虎起了好奇心，很想知道自己的前生是什么，都发生过什么故事，便停止攻势。

小偷编道："你原来是人类的一分子，你父亲是我哥哥，我们全家都很喜欢你。你小时候一直和我，也就是你的叔叔在一起生活。有一天你病倒了，不久就离开了我们。你的死令我十分悲伤，使我不愿再留在家里。我离开家四处流浪，就是为了寻找你啊！看到你和牛睡在一起,我担心第二天早上你会被主人发现,遭遇不测,便赶紧用绳子拴住你,把你牵出来。难道你真要杀死你的亲叔叔吗?"

老虎信以为真,便点了点头:"叔叔,您在这稍等一会儿,我去给您找些吃的来。"

小偷答应了。可当老虎的身影一消失时,他立刻就爬到树上。

不久,老虎拖回了一只鹿。它把鹿放下,对树上的小偷说:"叔叔,掏完蜂窝后请您下来享用这只鹿吧。我走了!填饱肚子后我就回来找您。"

说完老虎就离开了。

小偷立刻从树上溜了下来。他把鹿肉割成一块一块的,扎成长条扛回家。乡亲们见状都问他,他便如实说了。

有位邻人也想白得这么一堆肉,便按小偷说的路线径直闯入森林里。巧得很,他正好遇上那只老虎。老虎向他打听"叔叔"的下落。他哈哈大笑:"叔叔?哈哈哈……是你的叔叔吗?人就是人!你怎么可能有一个人类叔叔呢!"

老虎恼羞成怒,认为他蔑视自己的"叔叔",不由分说便扑了上去。

那人用贴身的刀子和斧头砍了老虎几下,这更激起了老虎的野性,一下就把他咬死了。

老虎对自己的"前世"的故事深信不疑。它非常想念自己的

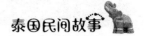

"叔叔",四处寻找他,嗷嗷①地呼唤他。但它从不敢贸然闯入人类居住的村庄,怕人伤害自己,只在村庄以外的地方到处呼唤:

"嗷!嗷!……"

---

① 泰语里"叔叔"一词的发音近似"嗷"。

熊为什么是短尾巴

很久很久以前,在一座大森林里生活着许许多多的动物。在所有四条腿的动物中,熊自认为是最强者;而在所有有翅动物中,大犀鸟也认为自己是最强的,因为它身躯庞大,有巨大的翅膀,耐力强,能毫不费力地飞出很远。

这两种动物都非常自负,以为没有别的动物能超过自己。于是,当它们彼此得知对方和自己一样强有力时,心里都很不高兴。一天,它俩偶然相遇,便互相挑衅,非要比试出谁更厉害。熊和大犀鸟商定,一定要当着所有动物的面比赛,好让大家做证。比赛的日子选定后,它俩便向动物们宣称:它们要争夺"森林之王"的称号。

这一消息在动物中引起了轰动,许多动物相邀前往观看。有翅动物们纷纷飞来,有的落在树枝上,有的落在悬崖峭壁上,密密麻麻的一大片。而两条腿和四条腿的动物则把比赛场地围了个水泄不通。

比赛开始前,它俩先后出场亮相。动物们对它们的精彩亮相报以阵阵震耳欲聋的欢呼声。

熊爬上树,在最高的树杈上坐了下来;而大犀鸟笔直地朝树顶飞扑过去,非常潇洒地落在了树枝上。

比赛时间终于到了。熊站起身,大声宣布:"现在,我要开始和大犀鸟争夺'森林之王'称号了! 我们比的是叫声,看谁叫得最响。"

动物们又是一阵雷鸣般的欢呼。

它俩抓阄定先后,熊抓到了"先"。

熊高傲地挺起胸脯。它那长长的尾巴自然下垂,在微风的轻拂下不住飘动,非常好看。它挺拔地站在树枝上,大声说道:"各位,我要开始了。胆小的动物们,请抓紧树枝和石头。鸟儿们千万可别掉下树。至于大犀鸟,快叼紧树枝! 你离我太近了。"

熊如此狂妄,大家心里都十分不快。大犀鸟却微笑地站着,一副若无其事的样子。

准备就绪,熊鼓足力气大喊了一声。它的喊声真是惊天动地,整个比赛场地都为之一震,动物们立刻一片沉寂。

熊连喊三声后,便自信地坐回原处。它坚信这"森林之王"的称号是非自己莫属了。动物们也都在议论:"熊可能会赢。它叫得多响啊!"

轮到大犀鸟了。它上前几步,站在树枝上一个非常显眼的位置:"下面该我来了。大家请自便。不过,勇敢的熊先生,您最好把您美丽的尾巴紧紧拴在树上,不然您可能会有危险。"

熊对大犀鸟的话嗤之以鼻,暗自嘲笑它:"哼! 你能比我强? 我才不理你呢!"

大犀鸟仰起脖子,使劲拍打起翅膀来。它巨大的翅膀扇起一阵狂风,刮得所有树枝都剧烈地摇晃。熊吓得紧紧抱住树枝。

大犀鸟见状大笑:"您看到了吧! 要是您不把尾巴系在树枝上,一旦我叫出声后出了事,我可不负责。"

熊非常害怕,因为它这时正坐在高高的树顶上,很容易发生危险。于是,它乖乖地把尾巴系在树枝上,以防大犀鸟叫时自己不小心掉下树来。

一切就绪,大犀鸟仰脖叫了一声。这声音不但使整个比赛场地震动起来,还远远传到对面的山谷,回声不绝。动物们欢声雷动。大家没想到大犀鸟的叫声竟会这么响亮,都非常激动。

大犀鸟喜笑颜开:"我再给大家叫一声,让熊先生也评一评。"

说完,它鼓足劲又叫了一声。这回它的叫声竟传到了远处的好几座山谷中,在山谷间回旋激荡了很长时间。

这声音使熊大惊失色,昏了过去,从树上掉了下来。由于下坠的力量太大,它系在树枝上的美丽尾巴不幸就这么扯断了。

比赛结果自然是大犀鸟获得"森林之王"的称号。而熊呢?这场比赛留给它的却是一条短尾巴。

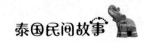

比赛结束后,动物们纷纷向大犀鸟表示祝贺,并极力赞美它的英勇。大家建议:"为了纪念这场胜利,以后您的巢应该用三个城市的土壤来筑造。"

大犀鸟欣然同意。

天黑时,大犀鸟的父母兄弟等等亲戚都聚集在一起。大犀鸟首先发话:"今天,我要好好感谢各位。感谢你们在各个山谷响应我的叫声,使其他动物们相信我的叫声能传得那么远。从今天起,按规定,我允许你们都用三个城市的土壤筑巢。"

从此,大犀鸟成了森林之王,有权力使用多达三个城市的土壤构筑自己的巢穴。另外,犀鸟之间也比以前更加相亲相爱了。尤其是犀鸟夫妻,如有一只被猎杀,另一只必飞上高空,然后收拢翅膀任由自己从高空坠下活活摔死,绝不独自活着。

松鼠爸爸和松鼠妈妈

松鼠爸爸和松鼠妈妈在大海边的椰子树上造了一个小巢,生下一个小松鼠。一天,它们到外边觅食,不巧遭遇狂风,大风卷飞了小巢,它们可怜的孩子掉进了大海。

松鼠爸爸和松鼠妈妈回来不见了孩子,心想一定是掉进了海里。它们就下海打捞。打捞了很久,也不见踪影。夫妻俩就坐下来商量该怎么办。商量来商量去,决定要把海水吸干,只有见了海底,才能看到自己的孩子在哪里。

说干就干,夫妻俩就把长长的尾巴浸到海水里,然后在岸上拼命甩干;甩干了再去浸海水,吸满了海水,又去甩干。如此周而复始,矢志不渝。

天神下界问它们在干什么,夫妻俩说明了原因。它们的精神感动了天神,天神说:“我帮你们下海打捞吧。”

天神在海底变幻出一只小松鼠,拿上岸来递给它们。夫妻二人说:“这不是我们的孩子。”说完又去舀海。天神更是感动。只好再下海底帮它们打捞。天神摸呀摸呀，终于又找到了一只。拿上来递给松鼠爸爸、松鼠妈妈，他们一看，正是它们的爱子。夫妻俩感激不尽，千恩万谢。天神便把变幻出的那只小松鼠也送给了它们。于是松鼠爸爸和松鼠妈妈因祸得福，反倒拥有了两个孩子。